The Child
that
Books
Built

发现阅读

〔英〕弗朗西斯·斯巴福德 著
孙降生 王先哲 译

晨光出版社

这是一封长长的情书,由弗朗西斯·斯巴福德写给他读过的那一本本美好的书籍。这样的痴迷不需要山盟海誓,却一定会始终如一。

于我,每打开一本书,就像掉进一次爱丽丝的兔子洞。步步有惊讶,处处是欢喜。我们真实的世界是有限的,而书籍把有限的世界拓展成无限……

——著名旅德作家、翻译家 程玮

目 录

第一章 一个书痴的自白　　　1

第二章 森林　　　29

第三章 小岛　　　77

第四章 小镇　　　125

第五章 洞穴　　　173

鸣谢　　　233

经典阅读书目　　　235

第一章 一个书痴的自白

书填满了我。我是不会弃书而去的。它根植于我的成长历程中,长久地影响着我对这个世界的认知。书籍将我们从有限的人生和视角中解放出来,赋予我们超越自我与突破环境局限的能力。

"沉浸式"阅读

"我总能感觉到,你在家里读书的时候,有一种特别的寂静。"母亲过去常说,**"那是一种阅读时的静默。"**这种来自内心深处的沉寂,不知怎的,如穿墙破壁般汹涌来袭,将当时七岁的我冲击得魂不守舍。那是一种我从来没有感受过的静谧。这种寂静是双向的,随着我全神贯注到书中的故事情节上,外界的一切声音都逐渐消散了。我的耳朵关闭了,这个关闭的过程并不像按下快门那样干脆,而是如同一条由外及内的粉红色通道,渐行渐细。当中每个柔软的弯道都像《星际迷航》里的外星人精巧的通道那样逐渐收紧。不过,这更像是一个液压的过程。在神秘的管道系统深处,不动声色地做了某种调整,主要是压力的调整。那里仿佛有个气闸,对外密闭却可以从内打开。这种寂静,让人沉浸在书中的人间烟火、车水马龙,还有来自动物的声犬鸣吠中,使得内心的大门向书中的文字敞开,让我得以聆听这些文字的"声音"。这中间会有短暂的转换过程。当目光触及书本,文字的背景音便会响起,一下子打破"心房"里的窃窃私语。就像在快要入睡的时候,随着你的意识逐渐下沉,从清醒过渡到梦境,你的四肢在

The Child that

迷蒙的状态中会不受控制地乱动，就像你的双腿会随之猛然抽动一下那样。之后，我可以身体趴着，手托住下巴，也可以像虾一样蜷在椅子里，这样就神游物外了。我听不到门铃响，也注意不到大人向我走来的脚步声。他们必须得凑在我耳边高喊"弗朗西斯"，或者边笑边说"巧克力来啦"才行！

这时我也会发笑。一捧起书，我便会物我两忘，这并非我所能控制，这是一种情不自禁。在家中，如果这样有趣的特点能成为讨得父母欢心的标志性"怪癖"，那就再好不过了。虽然我头脑中从来也没有浮现过这个想法，但小说会让耳朵关闭是毋庸置疑的。要"屏蔽"的事情还有几件。我的父母和我一样爱唠叨，总是喋喋不休，管东管西，就像中世纪折叠画一样连绵不绝，这也启发了后来"会话气泡"的发明。我爱父母，但也不影响我想让他们住嘴。另一件事是，我的妹妹不幸患有肾衰竭，身上插着透析管。当然，我深爱着患病的妹妹，但是对她的关照太少让我深感亏欠，反而不知如何开口，索性对她不闻不问会让我觉得好受些。所以，当家人拿我读书的方式开玩笑时，一声无言的叹息也能让我们在悲伤的氛围中稍有解脱，这对我们家来说，也算是极端情况下的一丝安慰。

我现在仍然会这样，仍旧不自觉地以幽默的方式让自己的不堪躲避在文字的庇佑中。最近发现，我会在书店的书架间穿行时做一个有安抚作用的哑剧表演动作。在看到自己喜欢的书时，我便在下意识反应动作上安排一个小小的设计，以此博取假想出来的观众的欢心。我是这么表演的：我在伦敦市中心一家大型科幻小说书店的地下室，左躲右闪地绕过莉亚公主海报、《神秘博士》录影带、巴特·辛普森T恤，以及与《奇异时代》杂志放在同一个架子上的皮革迷杂志，避开科幻小说非文字或半文字类的周边商品，直接奔向科幻著作专区，那才是我的心之所向。说到读书，我可是真正的快速浏览专家——平装书脊上的文字即使再模糊也逃不过我的法眼，摆放在各个位置的四五本书的信息，只需扫一眼便会被我迅速获取。这本是什么书？从美国引进的军事科幻小说，它们拥有光亮的黑色封面，配以醒目的哥特风格字体，图片是太空歌剧式的星际无畏战舰的前排架满了火炮。封底文案中有关键词"雇佣兵"，血腥之味扑面而来，从宣传语文案的遣词造句中能看出，这是后海因莱因[1]时代关于右翼自由论者对俄克拉荷马爆炸案[2]式的疯狂行径之类的评论内容。还有一类作品并没有传达出不同寻常的思想或观点，只是一些直白而趣味低级的文字堆砌。这类书我不会读，更不会买。不过，我还是想瞥一眼。随便翻开一页。天哪！污言秽语，不堪入目。我赶紧将其插回那排"低俗读物"

---

[1] 罗伯特·海因莱因（1907-1988），美国著名的科幻作家，荣获四届雨果奖、星云奖，被誉为"美国现代科幻小说之父"。（本书若无特殊说明，均为编者注）

[2] 1995年4月19日，美国的俄克拉荷马城的一栋政府大楼被汽车炸弹炸毁，造成一百六十八人死亡和五百多人受伤，这是"9·11事件"之前，影响最大的恐怖袭击事件。

中，并与它们划清界限，远离这些思想垃圾，以免使自己高尚的品味和人格受损。我只是想说，我与书之间似乎存在一种互相瞧不上的傲娇与鄙视。因此有时我会这样：眉头紧锁，像只遭到冒犯的猩猩一样龇牙咧嘴，口中的气流直抵上腭，紧闭声门，厌恶之声夺口而出——"呃！"

似乎周围的眼睛都在盯着我看，我先前的搞怪行为都被别人看穿了，我好想删去那些记忆。仿佛我的眼睛和书之间擦出了火花会被很多人发现，可能站在收银台后的收银员就是一个漫画历史研究者，或者在门口彬彬有礼值守的大块头亚裔保安也会暗中留意我的一举一动。

当然了，我总会想当然地认为这一切都未被发现。当我看到一本书之后，最先学会的一个本领，便是在脑海里描绘故事的所有情节与画面，但并不会从你的外表上显露分毫。我在书店开始我的"小表演"时已有三十二岁，也就是说，我已经读了二十六年的书。自从能读懂《霍比特人》书中的那些金雀花似的白纸黑字，我的头脑中就能生成一条恶龙的形象，这已经有二十六年了。因此，自从那个醍醐灌顶的重大时刻——那条龙一直留在我的内心深处——也有二十六年了。我的脑海中，恶龙斯莫格横冲直撞，岩浆金黄灿烂，鳞片碧绿幽微。但我表面什么都没有显露出来。我读了一本又一本，战争、笑话，以及形形色色的人物情节统统涌进了我的脑海，同样还是什么都没有显露。差不多十一岁时我就意识到，这可是一种神不知鬼不觉的"盗书"行为。你可以走进一家书店，利用眼睛扫视快速"盗走"感兴趣的内容。选择的书店规模要大，这样店员就不会来骚扰你。我当初就是在剑桥宽敞的海佛斯书店 O 区闲逛时，偷偷读完了《1984》。我把故事情节使劲往脑袋里塞，然后带着盆满钵满的收获小心地离开书店。收银员哪能看出我的脑海里存着温斯顿·史密斯在屏幕监视下所谓的胜利欢呼，以及奥勃良亲口承认思想警察早已对他进行了彻底地思想改造。这让我连续花了三个周六才"读"完整本书。对于我惯用的这种不露声色的"盗书大法"，我的内心总是止不住地窃喜。我确信，其他人看不出让我深受影响的是什么，但他们为什么看不出呢？**因为书填满了我**。内在的收获与外在的表现不对等，意味着我把小说在感官上的外在表露当成了一个秘密。或许像所有的秘密一样，这个秘密终究会泄露，但我还在想着扩张我的"影像搬运业务"。我的大脑被想象出的小说画面所填满，就像在鱼缸中愤力游动的鱼群，我很享受这种内在积蓄着能量，与外表的不动声色形成巨大反差的状态。我在科幻书店的那些行为其实既是一种表演，也是一种防卫：一边祈求受到关注，一边极力遮掩。快看我（别看我）！我正在这里狼吞虎咽，我要吞下整个世界！

书籍引领我们从有限走向无限

我需要小说，我对它已经上瘾了。这不是比喻，而是实情。我倒不会一天看完一本，但每天肯定会翻上几页，还经常好几本一起看。床边随处可见一堆翻开扣放着的平装书，厨房餐桌上也不乏新版读物。这样我醒来后便能一边喝咖啡一边阅读了。就连浴室和楼梯暗角这些平时很少停留的犄角旮旯也被各种散文集占领着，以便我能随手翻上几页。到了晚上，人在疲惫不堪时会变得犹豫不决，会足足花上半个小时东挑西拣，只为找一本适合一边刷牙一边看的书，这是睡前的最后一件事。**选书可是件马虎不得的事。**对于随笔和历史类书籍，如果它们像小说的作者一样，能用事实或想象编织出迂回曲折、引人入胜的故事情节，那我也会爱看。但说到底，小说才是书中之王，是我的最爱。相比之下，非虚构作品倒显得有名无实，有时吸引人的只是它们营造的那种影影绰绰、模棱两可的氛围罢了。可问题是，小说实在是名目繁多，即便我愿意放弃大部分工作和社交，能用来品读几页好书的时间还是十分有限。

这并非是因为我有纵览天下好书的雄心壮志。（不过我们可以从文化角度想象一下这样的时刻。在1950年的以色列——当时国家刚刚成立,你能读到的每一本用现代希伯来文写就的小说,它们的文字都是稚嫩却令人感动的——每一首使用崭新的希伯来文字模排版的诗歌,每一句都洋溢着生命之光。想象一下自己的脑海里井然有序地存放着所有的可读之物,那就像一个堆叠整齐的衣柜。)但有一个困难,当你要面对数量如此庞大的小说作品时,从中精挑细选出一本的时间会越来越长,这是真正的"大海捞针",一种忧伤和麻木油然而生。与我一样,你逛的书店越多,就越会觉得这些书本质上大同小异,看哪本都差不多。这就像药剂师配制调节情绪的药物,这些药物几乎包含所有相关的成分,而且每种之间仅有细微差别,但最终只起到安慰剂的作用。选书也是这个道理,久而久之,阅读的冲动就会逐渐减弱。

但即使这种满足感有所消散,我也绝不罢休。**我是不会弃书而去的。它根植于我的成长历程中,长久地影响着我对这个世界的认知**。我为这种小说瘾遭受了某种文化惩罚。书籍被一遍又一遍地赋予正面的角色与意义,与之相反的是电子游戏、MTV、网络等这些反面角色,它们看似各不相同,却都是一些充斥着浮夸画面的、肤浅的消遣方式,而印刷文字在视觉上来说是安安静静的。吃早餐时我也会若无其事地扫视桌面,只为捕捉玉米片包装袋上的只言片语,那劲头丝毫不亚于电视迷不断用遥控器更换频道的样子。我和电视迷都急于浏览那些吸引眼球的,或是一闪而过的媒体信息。它们形式上的差异已足够说明问题（作用当然也不相同）。在一个被各种表述的呆板洪流来回冲刷的世界，我选择透过字里行间来关注人生体验。"港口上方的天色像是被调到了一个空频道，满是雪片。"这是威廉·吉布森的作品《神经漫游者》中的第一句话。但对我来说，那更像是纸浆的颜色，上面还印有文字。如果我将自己的眼睛与黄昏灰暗的天空用一种文字描述的话——从华兹华斯的云景到艾略特手术台上被麻醉的病人，那我就显得非常文雅了。我所沉迷的纸媒给我赢得了文学上的加持。我不看白天播出的肥皂剧，**我是个书痴，我有着高雅的文化自尊。** 尽管我发现那些通俗易懂的小说文体更容易满足我的阅读强迫症，而对于乔治·艾略特[1]的小说，无论多么喜欢，我也会不停地翻翻还剩多少页，不停地鞭策自己要尽快将它啃完。我有自尊，不过在公共场所，当安抚性的自我意识消失后，我便会忘记周围的一切，摆出一副随意的姿态。一次，我在公共图书馆聚精会神地看书，流连在传记类图书区域。时间一分一秒地流逝着——或许有十五分钟，抑或是半个小时——我的头歪向了一侧，口水顺着我下方的腮帮子流了出来。这时，一双腿映入我的眼帘，有人咳嗽着说："借过。"我含混地说："不好意思。"我站起来给她让道，随即

---

[1] 乔治·艾略特（1819–1880），英国维多利亚时代最有影响力的小说家之一，与萨克雷、狄更斯、勃朗特姐妹齐名。代表作有《亚当·贝德》《弗洛斯河上的磨坊》等。

又要沉浸到舒曼[1]、肖斯塔科维奇[2]和舒伯特[3]的世界中去时，我的一大口口水全掉在她脚边的方块地毯上。

很多人认为，我把书当作一种可以品尝的美食会错过一些更重要的东西，就像中国有个成语叫"买椟还珠"，就是说我把书中的人和事比作美味佳肴，是在"品尝"装珠的匣子，而忽略了真正的珠宝。也许这会导致对故事的深度和广度不能被完全理解，导致其所讲述的内容被淡忘。但小说的力量很大程度上在于它的暗示性：只要将它视为一个像我们这样充满想象力的人的大舞台，它才能为我们揭示真相。简·奥斯汀在《爱玛》中对贝茨小姐的描述并没有传递出某种特定的感觉，比如嘴里含着的开心果或掉落在皮肤上的水滴。有关贝茨小姐的段落、评述和口头交流次数虽有限，却能表达出一种渐渐熟悉她的整体感受。对于这个让人又爱又气的角色，读者可能会同情、恼怒，也可能是喜欢，但这些都是你内心的反应。如果一本书中刻画出了一个让我们产生共鸣的人物，那么这部小说就塑造得非常成功——看，那就是贝茨小姐。

我们对书的敬畏，也不是要我们在阅读时投入比"真人快打"更多的注意力。书籍为我们提供了让我们珍视的指示。同时，书籍带领我们找到了一种正在渐渐成形的阅读方式，让内心深处的

---

[1] 舒曼，19世纪德国作曲家、音乐评论家。
[2] 肖斯塔科维奇，前苏联时期最重要的作曲家之一。
[3] 舒伯特，19世纪奥地利浪漫主义作曲家。

The Child that

阅读世界可以与心中的指引产生互动。书籍一度是神圣的，这么说毫不夸张：阅读机制源于宗教典籍的诵读。过去三百年来，人类已迈入世俗时代，书的主题变得无所不包，有的文字只被读过一次就可以揉成纸团丢掉，书籍的启示作用已开始瓦解，变得七零八落，好在最初的文明还在。小说（至少）仍在闪着一丝微光。小说有着模仿真实三维世界的传统，还能像普通钟表那样记载时间的流逝，因此我们希望它能将我们错综复杂、难以言表的生活讲个透彻。每当小说中出现一种可以颠覆传统的深刻认知，比如书中提到的某种与主流婚姻观念背道而驰的传统观点，或者把对方痛斥了一顿之后又对对方的某个优点大加赞赏的行为——这绝对会让我们颠覆原来的刻板认知。书籍成了我们自我认知形成过程中的一部分，那些对我们影响深远的情节会渗透到我们的自我塑造的进程中。**读书识字为人的发展带来巨大动能。偏远山村的成人对于识文断字欣喜若狂，并不仅仅是因为书籍把世界带到了他们面前，而是他们通过全新的方式重新认识了自己。**

如果读者是个孩子，那前景会更加光明。我们越来越相信，我们手捧的书可以是一种帮助成长的工具。小说的演化进步并不与我们平时的生活轨迹相吻合，而是和我们童年时代快速成长的过程相融合。故事能阐明读者的个人经历，进而影响读者的人格的主要成型阶段——从环境因素、家庭和阅读时的静默中塑造出一个人最初的认知体系。这种内在品质的修炼才是我们甄选高价值儿童书籍的真正标准，至少理论上如此。书籍的价值高于电子游戏，高于那些只能冲击前脑，以声、光让人愉悦的娱乐方式。**儿童书籍和儿童自主性之间的关系非常密切**。当我告诉朋友我想写写"童年阅读的危害"这一话题时，他们总是语带嘲讽地回应道："天哪，就是的。不知不觉孩子们就学会独立思考了。"回想过往，也的确如此。很多人小时候爱读书，长大后定会成为一个书痴。**我们懂得，阅读能让人脱胎换骨**。总是会有一本书，就像一粒水晶种子，落入充满期待的心田。突然之间，我们就会改变。突然之间，上千自我认知的水晶破土而出，里面孕育出我们内在的一系列新发现。确凿无疑的是，它最初源于我们对故事的认知。

作为一个童年时代不愿错过任何一个机会阅读的人，我绝非孤家寡人。对于我们中的绝大多数人来说，这是一种快乐的体验，并不是负担。阅读中最明显的感觉就是兴奋与喜悦，书籍给我们的童年带来的正是启蒙运动的提倡者所承诺的——它能给任何地方的任何人带来兴奋与喜悦。**书籍将我们从有限的人生和视角中解放出来，赋予我们超越自我环境局限的能力**。威廉·哈兹里特曾说："只有书籍能教会我们在抽象世界中判断真善。对于远方我们一无所知的事物，我们仅能像野人和动物一样靠感觉和味觉来判断，但在书籍的帮助下，在各种观点的交流中，我们逐渐从野人进化、提升到了具有知性和理性的生物，变得更加高尚。"童年时阅读的书籍会带给你前所未见的景象、前所未闻的味道和前所未听的声音。通过书籍你能结识从未见过的人，尝试那些未

The Child that

曾经历过的生活方式。其结果是，即使未能成为具有"知性和理性的生物"，**你也会成为一个豁然开朗的人，会意识到这是个充满了无数可能性的广袤世界，而自己的人生只是其中的沧海一粟。**

以阅读寻求内心平衡

我记忆中的阅读十有八九是这样：我沉浸其中，如痴如醉。但是，我想知道为什么童年时代的自己会对读书这么如饥似渴，为什么会不顾一切地从书本文字中汲取营养。当然，从某种程度上说，我若想从读过的书籍中寻找答案，那纯粹是南辕北辙。因为没有哪种成瘾症能从检查药物本身得到解释，那种需求并不是药物引起的；到啤酒厂参观一圈，并不能解释为何有些人会变成酒鬼；促使巴甫洛夫的狗分泌唾液[1]的，也并不是电铃本身的什么属性。

我童年时对读书如饥似渴，由此造就了一个体面光鲜的成年，但这说明不了我为何嗜书。

我要弄清自己嗜读成瘾的原因，只能去剖析其他的生活因素，而不能紧抱文本的属性不放。

我三岁时，妹妹布丽吉特出生了。她非常弱小，无法像正

---

[1] 著名的心理学家巴甫洛夫用狗做了这样一个实验：每次给狗送食物以前打开红灯、响起铃声。这样经过一段时间以后，铃声一响或红灯一亮，狗就开始分泌唾液。

The Child that

常的婴儿一样成长为一个可爱、乖巧、健康的孩子，而是会止不住地呕吐，日渐消瘦下去。她身上没有出现坐立、爬行等一些正常发育的信号，只能躺在那里。这导致她逐渐变得瘦骨嶙峋，到几个月大的时候，健康问题已变得非常严峻。因为谁都不愿相信偏巧是她遭遇不幸，和医生探讨了很长时间才最终做出诊断结论。我们的父母之间是没有血缘关系的，他们的结合可谓千里姻缘一线牵，除了身高相似、眼睛近视、做人严谨之外，并没有其他明显的共同特征。我母亲二十岁时，时常会让她的追求者弄得惊慌失措，因为她根本不懂恋爱规则：与其说是抗拒，不如说她根本不知道要抗拒什么。我父亲在这个年龄时常被误当作助理牧师——如果你来到某个工业小镇进行工业或考古考察，走进酒吧却只会点半品脱[1]的柠檬水的话，也会被人这样误解的。但事实证明，我父母之间还存在其他的共同之处。他们两人的DNA中，竟在一个不起眼的角落隐藏着一组相似的G、A、T、C碱基！这是一种隐性序列，携带者并不会表现出任何症状，而且与非携带者结婚生子也不会出现任何问题。但是，当夫妇都是携带者时，精子与卵子的每次结合都是一种赌博。我非常幸运，虽然继承了这种序列，但也表现为隐性。布丽吉特偏偏遭此厄运，她体内的这个序列变异成了显性。这种疾病极其罕见，染病概率就像被陨石砸中一样微乎其微。当时，布丽吉特的一个肾脏已停止工作，另一个也将坏死。伦敦的奥蒙德大街儿童医院将这种发育停

---

[1] 品脱是容积单位。1品脱约合0.5升。

滞诊断为"胱氨酸病"。这种病症非常少见，通常只会出现在医学文献难以理解的脚注中。那是1967年的秋天，再早一点的话她就活不下来了。幸运的是，这家医院彼时刚好研究出一种实验性疗法，有可能让她的生命再延续几年。当时她正处在无法进食饥饿致死的边缘，但这种疗法只能维持现状，无法治愈。父母为此竭尽全力护理病中的布丽吉特。夜间他们每个小时都得起床一次，调整一下布丽吉特鼻腔中的导管，为防止她的呕吐物反流而直接进入胃中：将糖水经由导管一滴一滴灌入。他们每天都得哄她吃一大把的药片；还得一次次坐火车往返伦敦，每次四个小时。父亲保住了大学里的讲师工作，家里的透支、负债情况越来越严重，不过后来都一点点还清了。他们是生活的勇士。从当时的全家福中可以看出他们疲惫至极，皮肤苍白，但嘴角仍然挂着微笑，总是坚强地传递着一个信条：这没什么大不了，车到山前必有路，总能熬过去。否则，哪怕有一丝一毫的松懈，整个状况就会失控，他们就会轰然垮掉。

　　我那时还太小，并不能体会到这一点，无法理解其中的前因后果。我只记得妹妹刚出生时父母问我喜欢哪个名字，是布丽吉特还是苏菲，除此之外就没什么了，只剩下一片不值得怀念的懵懂。再往后的记忆就到了周日早上，那是一个普通的场景，我们一家四口躺在父母的床上，我摆弄着一堆红色和白色的乐高积木，而布丽吉特已有一岁左右，终日靠药物挣扎求生。在我记忆中的妹妹从弱小的婴儿变成了憔悴的小孩，她裙摆下的

17

双腿就像绳子一样软弱无力。在她身上，我们全家人特有的圆脸瘦成了一个小台球，皮肤紧紧地贴着骨骼，干瘦如柴。在学会走路之前，她早就学会说话了。糖水成为了她的主食，这常会使她产生呕意，但在她能吃一点东西——蛋白质——的时候，还得哄她忘却反胃的感觉。父母专门准备了一台小巧的、白色的小秤来为妹妹的饭食定量，他们会说："看，布丽吉特，来七克鸡肉怎么样？"父母编造了布丽吉特的朋友"本"，这个朋友最喜欢将缝纫机箱的银钥匙藏在冷奶罐的底部，她只有将牛奶全部喝光，钥匙才能露出来。

在我的脑海中，生命脆弱的布丽吉特也让整个世界变得脆弱。雪上加霜的是母亲三十岁出头就患上了骨质疏松症，通常女人多在更年期后才会出现这种症状。全家外出野餐时，坐在地毯上的布丽吉特似乎能被一阵风卷走。我在布丽吉特出生之前的生活无论过得怎样，都已是一去不复返；父母对她万分呵护，我不敢显露出半分对她的嫉妒。

直面布丽吉特的病情令人心痛，所以我选择避而不见。最终，尽管她是我熟悉不过的亲人，我却从未真正了解过她作为一个个体的内心世界。其他人总是夸赞她的幽默感，他们似乎觉得妹妹是在利用冷幽默应对一切。什么冷幽默？我从未觉得她的笑话有趣。我六岁左右的时候，她三岁，仍只能待在地毯上，全靠嘴皮子来攻击。"你就是个小屁孩！"她说的应该就是这句话，而且是声嘶力竭。这句话立刻被全家采信为"证据"，表明布丽吉特能够照顾自己。但我丝毫都不相信。事实上，我并不在意她的笑话是否好笑，而是多么希望自己能多记下一些。我起初就对她的笑话不屑一顾，我从来就不相信能有谁面对那样巨大的灾难时，依然泰然自若。因此，在我看来她表现出的完全不是沉着，而是一种赤裸裸的脆弱。

从那以后，我便对脆弱的人敬而远之。布丽吉特的心智非常健康，即使到了生命的最后一刻也没有出现问题，但不知为什么，每每看到有智力缺陷的人时，我总会想起她。坐轮椅的人不知怎的总能给人一种四平八稳的感觉，很让人放心，也许是因为被重力所固定吧，但我无法直视反应迟缓、存在学习障碍的人。用委婉之词来说，有智力缺陷的人被封锁在了内心的纯真之中，但到了现实世界举步维艰。他们无法理解周围的一切，却错误地自认为很安全。记得几年前我曾在伦敦的一辆公共汽车上，看到过一个二十来岁的女孩，她并没有表现出唐氏综合征的外貌特征，只是脑袋与身体不成比例，脸上挂着吓人却充满希望的微笑。她的羽绒衣上别着很多做工粗糙的圆形徽章，每个直径约有两英寸[1]，颜色有青柠绿的、蛋奶黄的和粉的，就像某个潮湿的早晨你从海边小镇某个无人问津的摊位上淘来的那种。每枚徽章上都有一句俏皮话："豆子有益于心脏健康。"她衣服的翻领上印满了干巴巴的笑话。她的这个样子让我感到揪心。如果我有能力，我将会帮她摆脱病痛，但是我无能为力，便用"恨"来掩盖她带给

---

[1] 1 英寸合 2.54 厘米。

我的感受。

因此，小时候把头埋进书堆，是我在内心做的一笔买卖，可以允许我逃避这一切。在童年时代，我有时会达成一场交易——反正我是这么认为的，可以限制真实体验向我施加负面能量。这些真实体验通过各种行为和事件影响着我们，也通过我们爱着的亲人而持久存在。好吧，我对自己说，我要把那种真实体验排除在外，如果我能拥有分量相同的这种真实体验的话，这种额外的真实体验则是来自书本的那种可控、可重复的体验。我学会了将小说中的虚拟现实"压"进自己的脑袋，使出的力量等同于这个世界给我施加的压力。那么，从理论上讲，无论外界发生什么，都不会将我击垮。在我达成这笔交易的最初几年，我的想法是，作品中的优美辞藻在阅读时完全不会被注意到，因此，将真实世界再压回管道的体验应该是流动的、顺畅的。二十五年过去了，我的生活方式和阅读的内容都发生了巨大变化，但这笔交易保留了下来。**现在我想找本书看，其实也是在寻找一种内心的平衡。**我看书是为了驱走怜悯以及内心的脆弱；我看书是为了逃避内疚，躲避后果，以及对抗时间对我的摆布。这些意图与书本内容并没有太大的关系。

我开始阅读的时候，正值儿童文学的春天到来，一片生机勃勃。我出生于1964年，因此我成长的黄金时代，既可与J.K.罗琳[1]和菲利普·普尔曼[2]当道的鼎盛时期相媲美,也不逊色于伊迪丝·内斯比特[3]、吉卜林[4]和肯尼斯·格雷厄姆[5]纷纷推出作品的爱德华黄金十年[6]。20世纪60年代末、70年代初,儿童文学领域也出现了一批文字功底深厚的天才作家。威廉·梅因[7]正在创作经典对话;彼得·狄金森[8]正在撰写"变化"三部曲;阿兰·加纳[9]正在将民间传说重新引入日常生活;吉尔·帕顿·沃许[10]正在展示儿童的看法可以与成年人一样棱角分明,毫

---

[1] J.K.罗琳,英国当代著名童书作家,著有风靡全球的"哈利·波特"系列。

[2] 菲利普·普尔曼,英国当代最杰出的作家之一,国际畅销书"黑质"三部曲作者。曾获英国国家图书奖、卡内基儿童文学奖、林格伦儿童文学奖等。

[3] 伊迪丝·内斯比特,英国儿童故事女作家、诗人、小说家。代表作为《寻宝人的故事》《铁路边的孩子们》。

[4] 吉卜林,英国小说家、诗人,英国首位诺贝尔文学奖获得者。

[5] 肯尼斯·格雷厄姆,英国儿童文学作家、银行家。代表作《杨柳风声》。

[6] 指英国国王爱德华七世统治时期的1901年到1910年。

[7] 威廉·梅因,英国儿童文学作家,卡内基儿童文学金奖得主,其写作以对话风格见长。

[8] 彼得·狄金森,英国著名儿童文学作家,1980和1981连续两年荣获卡内基儿童文学奖。

[9] 阿兰·加纳,英国奇幻儿童文学作家,卡内基儿童文学金奖获得者,1978年被提名国际安徒生奖。

[10] 吉尔·帕顿·沃许,英国儿童文学女作家,1998年获得儿童文学协会颁发的凤凰奖。

不妥协;琼·艾肯[1]开始了"黛朵·特怀特"系列奇幻漫画的创作;佩内洛普·法默[2]正在通过《夏洛特时光》描绘自己眼中超凡脱俗的世界;戴安娜·韦恩·琼斯[3]天马行空的创作天赋正在长足发展;罗斯玛丽·萨克利夫[4]正在为她的罗马不列颠历史小说宫殿筑起最后的立柱;利昂·加菲尔德[5]正在将18世纪阴暗的哥特式塑造成时代背景。诸如此类的文学大师数不胜数,作品接二连三问世,新的经典之作每隔数月便会涌现。

---

[1] 琼·艾肯,英国女作家。已出版的作品有五六十种之多,大部分是少年儿童读物,尤其擅长写神秘小说。代表作《雨滴项链》。

[2] 佩内洛普·法默,英国奇幻儿童文学作家,卡内基儿童文学金奖获得者。

[3] 戴安娜·韦恩·琼斯,英国奇幻儿童文学女作家。代表作《哈尔的移动城堡》。

[4] 罗斯玛丽·萨克利夫,英国儿童文学女作家,以写历史题材见长。1959年获得卡内基儿童文学金奖,1974年获得国际安徒生奖提名。

[5] 利昂·加菲尔德,英国儿童文学作家,以写历史题材见长。1967年获得卫报儿童小说奖,1970年获得卡内基儿童文学金奖。

优秀的作品反映时代

优秀作品心照不宣地在同一时期纷纷涌现，这就像是在为同一个单独明了的主题供稿，这是一种暂时的文化共识：这种共识既是关于儿童的，也是关于我们所处的历史阶段的。20 世纪 60 年代初，斯波克医生为精明的中产阶级奉上了一部育儿心经，由此清除了孩子好比是陶土，需由成年人的仁慈与权威来塑造的残余思想。全新的正统观念很自然地认为，**孩子是拥有思想的个体，既不会对一切言听计从，也不是生来为了赎罪。外面更为广阔的世界被看作是获得启迪的必经之路，而我们已经在路上。**我们这一代人都理所当然地认为贫穷、疾病、歧视或偏见等问题基本上已属于过去式，它们已随着战后社会的开化而烟消云散。但等到进入 20 世纪 70 年代，才发现以上的假设已不可信。性别角色即将发生动摇，在白人自由派人士的共识中的很多论调并不被主流观念认可，而会被认定为是一种有敌意的行为。人们也将对自由人士提出的解决方案将信将疑，那些恶意始终无法得到解决。不过这一切都尚未发生。待到其发生，儿童文学界的集体视角已信心十足地扫视了过去和未来，扫视了世界各地不同进步程度的、注重"健康养生"的当下，不论是从澳大利亚到瑞典，还是从荷兰到整洁而宽阔的美国乡村。

在我七八岁大，会用兜里揣着的钱去买平装书的时候，封面上带有"企鹅图书"标志的平装书无处不在。在英国，几乎所有的儿童读物都出自这家平装书出版社。书店中，儿童书架上的所有书目一律都是整齐的软面八开设计，颜色和封面设计虽不相同，但书脊上采用的一定是无衬线字体，并绘有一只站立着的企鹅。书的价格也都差不多，17.5便士[1]就能买到一本新版的儿童文学经典作品，但20世纪70年代又因通货膨胀而涨价到25便士或40便士。这些书目既有《柳林风声》《爱丽丝漫游仙境》等传统读本，也有《纳尼亚传奇》等问世不过几十年的经典著作。（C.S.刘易斯在我出生的前一年就已去世，因此我未能与他谋面，痛感惋惜。）在那个年代，如果你是一个酷爱看书的孩子，就会知道企鹅图书拥有不可撼动的权威地位。封二上印有故事梗概——都是出自企鹅图书的编辑凯·韦布一人之手，篇幅较长，十分有说服力，以及他极其精准的推荐语，如"适合十一岁及以上的女孩和情感丰富的男孩阅读"。企鹅图书似乎已成为世界后勤组织物资中必须包含的一个部分，该机构负责为各个国家的福利部门分发小说。它们涉及的主题涵盖范围甚广，并非只有值得反复回味的经典杰作，也有文学价值尚可的佳作，当然也有读后便可弃之的品类。它们就像张开的臂膀，从四面八方将你卷入阅

---

[1] 便士是英国货币辅币单位，类似于人民币中的"分"。

读的海洋。通过这些书,我们结识了罗马人、维京人、骑士和领袖,以及伊丽莎白时代的冒险家和孤独的维多利亚时代。它们向我们展示了或毁灭无度或充满希望的未来,以及或神奇或恐怖的平行世界。它们让我们体验到了到处都存在的别人家的孩子正在经历的种种冒险——他们都在搭建树屋,与罪犯作斗争,与古怪而精明的老婆婆开着疯疯癫癫的玩笑,或是在地震或空难中与大人失去了联系,却设法活了下来。玩耍时,孩子们之间同样的争吵,在这里就能发挥积极的作用,促成一个个明智的决定:如何生火求救,如何从废弃的船只里搜寻罐装食品,如何寻找一条可穿越河流的道路;又或是普遍都是假期的第一天,他们极不情愿地随便塞了几口早餐,早早冲出家门去找小伙伴,阳光灿烂的世界在向他们招手,自行车轮压着高高的草丛,吱吱作响。

大可设想,如果我的阅读超出这个充满希望的领域,我就会心生绝望,但记忆告诉我事实并非如此。十岁时我已将亚瑟·兰塞姆[1]的诺福克湖区航行故事牢记在心。小说能够彻底点燃我对书中并不真实存在的事物的激情。乘船冒险的故事让我体验到最初那种暗流涌动的紧张感,我的内心会跟随故事情节而起起伏伏。

---

[1] 亚瑟·兰塞姆,英国著名作家,代表作"燕子号与亚马逊号"系列。

我的阅读史与儿童心理学、哲学和心理分析学

我知道，我必须从头说起。于是，我又把从孩童时期到十九岁看过的书都翻阅了一遍——从第一个只记得只言片语的故事一直到成年之后在读的科幻小说。再次阅读的时候，我尝试将自己还原为第一次看到这些书时候的我，想要弄清那些我所特有的经历、所处的特定家庭环境以及所生活的特定年代如何将自己塑造成了现在的我。**我突击补习了儿童心理学、哲学和心理分析学，觉得这些知识或许有助于我梳理出记忆的意义。**借助这些知识，我将在接下来的章节讲述 20 世纪六七十年代的儿童所能欣赏到的文学宝藏，它们为这个年代的儿童铺就了一条成长阅读之路，一直伴随他们到青春期。这是我们与书籍结下的美丽情缘，也（希望）是我们那一代的书虫所共有的阅读经历。一种模式出现了，也可以说是我设计的，阅读的发展存在四个阶段，在这样一个过程中，写作受到欢迎，阅读得以实现。

接下来记叙的更多关乎的是书籍，而非我自己。不过，这仍然是我内心世界的自传，而将自己雕琢成形的正是我们所消化的文字。它们引出了我们认为值得提出的问题；它们围绕着我们内

心可表达的范围以及可接受的相关区域而变化；它们描绘的画面极具感染力，带给我们的震撼让我们应接不暇；它们在我们的意识与无意识之间搭建起了新的桥梁，连通了我们已知的知识与无法通过思考进行检验的未知知识。它们构建、拓展，重新塑造出了我们的想象空间。

与此同时，一个孩子正坐着读书。一行行黑色文字与一双眼睛之间打开了一个通道，各种信息鱼贯而入，其数量和速度超过了任何一通电话或通过网络发送的数据编码——假设这些信号不是一系列的数字，不是一组有限的数字化可能性的变体，而是从感知的模拟世界发送的一条条新闻，每一条都存在无限的语调与意图变化。想象一下——王子叹了一口气，因为他生病的马不肯吃他手里的糖果；燕麦色的天空下开满了潮湿的石楠花；拥有一笔财富的男人一定会想讨个老婆，这是无人不知的常理；开启星际航行引擎！不过，负责接受信息的大脑会将这些感知分类保存起来（有时为确保万无一失，还会为它们贴上"暂不明白"的标签，并放入一个专门的大脑空间）。这种混杂的信息传输不会留下任何外在痕迹。你从外表根本发现不了正在发生什么：一个孩子只是坐在那里，手里捧着书。它无法被"偷听"，不会像电话线上的调解器那样，不会发出无缘无故的嘀嘀声。即使将最灵敏的麦克风贴近这个通道，也无法从悄然传输的不计其数的画面中探出或获得任何信息。

第二章 森林

"我到达人生旅程的中途,却发现自己正在步入一片幽暗的森林。"《神曲》的开篇如此写道。很多小说都是由一片森林写起,森林的存在就是为了创造无法避免的变化。真正的森林存在与否,都不影响我们讲述故事。

记忆中的基尔森林

我出生的地方曾有一片森林。我在基尔大学校园的一间教工宿舍长大，周围全是公共混凝土建筑。不过走出校园前门，马路对面便是基尔森林，它是一座18世纪建成的植物园。由于基尔最后一任领主的统治不力，这座公园荒芜了，被囊中羞涩的公共部门接管后一直没能得到很好的照料。植物园规模宏大，曾生长着许多不同品种的植物，宛如一个拥有许多抽屉的橱柜，但现在一切已破败不堪，杂草丛生。各种藤蔓在地上肆意蔓延，园林大师"万能布朗"各种独特的创意全然没了分界，各种树木混杂生长在一起。不过，公园的设计框架留存了下来，只是已变得模糊不清，因为森林被划分成了许多区域，不同品种的树木虽然种得相隔不远，但气质迥然不同。我不知道这些树木的名字——即使现在也大部分都不认识，但有一片长满了松树，有着浓郁的墨绿色和树脂味，树下被遮盖得严严实实，光秃秃的一片，岔道上铺满了干松针和球果；一片高大的山毛榉矗立在那里，如同大象皮肤一样粗糙的树干闪现在金色的小叶片间；一座圆锥形的小山颇显风雅，长满了黄绿色的梧桐树苗。这里是杜鹃花的海洋，枝叶闪烁着光斑。后来我常故意骑车冲入花丛，身体一个筋斗翻过车把，消失在一片怒放的粉红色花瓣中。有一片黑漆漆的区域，是一个周围长满了赤杨的死水塘，看上去就像林中有一座砂岩圆形剧场一样唐突，不过现在挤满了腐败的藻类和落叶。

小说中的森林

很多小说都是从一片森林写起，这片森林永远望不到边际。遮天蔽日的树冠将这片大地覆盖得严严实实，把各种地貌——参差不齐的、起伏不定的，都覆盖了。森林仍在繁衍不息。生机盎然的树冠中，鸟儿在绿色的枝叶和明亮的空隙间飞来飞去，但下面的树干之间只有树荫和暗影。每次穿过这片森林，脚下都会沙沙作响，但这不是唯一的声响，绝对不是。一阵微风拂过，小枝条会啪地断落，中间还夹杂着人声。灌木中笨重的挪步声和冲撞声标志着远处有庞然大物闯入，还有可能会突然出现在附近。这里的树木长得层层叠叠，居住的野生动物也是形形色色，有的脾气暴躁，有的性情温驯。此时此刻，你听说过的所有其他旅行者也在森林里：国王和骑士；最小的儿子和家中排行第三的女儿；傻瓜和坏蛋；一个小女孩鲜艳的帽兜就像红色的灯塔在松林间摇曳着，一匹狼想要在小木屋那里围追堵截她，它可以在另外一个空间里移动，故意飞一般地穿过灌木丛，身后就像阿尔法粒子穿过云层一样留下了印迹。这些人物和这样的危险并不遥远，但你永远不会遇到他们。尽管这些冒险都发生在这片森林里，尽管随着时间的推移越来越多的旅行者还会陆续加入他们的行列——这些人物刻画得更为精细，均来自我所读的故事书中的繁杂世界，而不是幼时所听过的那些童话——他们永远不会出现交集。《柳林风声》中的鼹鼠在夜间惊慌逃窜，躲避森林中的猎杀，光秃秃的树枝像"一些南部海域的黑礁"一样突凸。《石中剑》中的瓦尔特爬过蜷缩着的树叶，躲开白色眼珠的食肉动物和石头下嘶嘶作响的龙宝宝后，第一次看到了正对着铅桶诅咒的梅林。**他们每个人都是孤身旅行者，这就是森林的特性——旅途中的你必须形单影只**。你在这个地方没有伙伴，除了心慌意乱的自己之外别无依靠，这便是荒野，就是这么约定的，在这里人与人之间的任何关系和联系都没了踪影。当然，森林里总会出现一些邂逅，整片森林所代表的情境最终将会得到展现。那些瑟瑟声响会变成一串脚步或一场奇遇，你鼓起最大的勇气，跨步向前进。就像你不会在整洁、畅通的道路上穿过森林一样，你也无法躲过森林中的邂逅，这些邂逅各具象征意义，且一路充满了考验。**森林的存在就是为了创造变化，而且没有任何你可以掌握的规律来避免这种变化**。走入森林时的你与出去时截然不同。偶尔会有一棵枯树倒下，十几棵树苗便会争相将头探向天空，成功钻出土壤的便胜者为王，在十几种可能的绿色中为这片林地染上某种特定的绿色。这片森林是由一百万个事件打造而成，同样缺乏既定意图，随机发生。到处都郁郁葱葱，却颇显陌生，恰似一块没有图案的绿色地毯，向远方铺开。

历史中的森林

历史也是从一片森林开始。此刻，我正坐在剑桥的一个凉亭内写下这些文字，眼前的一棵梧桐树悄然抛下了一片片枯叶。这个凉亭所在的位置曾是一片沼泽，也就是故事中森林的边缘。植物学家奥利弗·拉克姆称之为"原始丛林"，这个词语源自肯尼斯·格雷厄姆的"野生丛林"。我现在就坐在曾经的"椴树区"，大片的原始丛林深处，这个名字起得非常恰当，简直就是丛林的专用名词。这片森林从英国的西边境线一直延伸到了东边境线。有着文身的古英国人在原始丛林的树荫下穿梭，与各种丛林野兽为伍，他们在树荫下影影绰绰，难以辨认。因为他们并没有留下永不消退的踪迹。他们在这里狩猎、收集战利品，然后回到湖畔用树枝搭建的房屋。毫无疑问，他们定会讲述那片阔林的故事，不停地解读其中的奥秘。

但是，这些故事都已消失。根据20世纪70年代早期读过的一些历史画册，我在一个版本的英国历史书中看到，英国的原始丛林一直发展到了中世纪，那也是让瓦尔特迷失方向的"古英国丛林"。后来，这些树被头戴帽兜、身穿紧身羊毛连裤袜的男人们连根刨掉。**这种传统历史在野蛮与温顺之间形成了近乎教化的对比，将这片土地的命运与这个国家不同居民的特点巧妙地融合在了一起。**我的脑海浮现出了两幅画面，一幅是笔直的罗马道路穿过无尽的绿林，将空地上的四四方方的白色小城连接在一起；另一幅则是撒克逊人[1]到来之后发生的状况，他们摧毁了罗马文明所特有的整洁设计。我看到那些树木重新挺直腰杆，穿过破烂不堪的屋顶向天空的方向肆意生长；随着地下的树根使劲扭动着，瓷砖像沸水一样裂成碎片四散开来，消失在灌木丛中。我知道森林是魔幻之地，很遗憾这种魔力已经消失，我为森林感到不公。我希望绿荫笼罩着的这片土地从未被占用或规划过，如今这片被开垦的土地上，一切的可能性都随之消失。但撒克逊人代表的是一种让人恐怖的无序。他们是破坏者，是所有规则的天敌，是混乱的化身。当原始丛林成为他们的盟友时，便会显得阴森可怕。

然而，当我在1972年前后虚构这种植物大屠杀时，拉克姆和其他研究人员正在利用花粉分析和考古数据来重新改写这段其所依赖的历史。事实上，罗马不列颠和撒克逊不列颠都是已经清理过的风景地貌。森林修剪成了柴火和建筑立柱，堆放在空旷的田野。原始丛林形成于大约公元前11,000年的冰河时代末期，

---

[1] 撒克逊人，日耳曼人的一支，最早居于波罗的海沿岸和石勒苏益格地区，后内迁至德国境内的下萨克森州一带，称为萨克森人。公元5世纪初，一部分萨克森人北上渡海，在高卢海岸和不列颠海岸登陆入侵，最终大部分定居在英格兰。史学界为了区分，把在英格兰定居的萨克森人，称为撒克逊人。

公元前 4000 年达到高峰，直到中石器时代的农业被传入英国后，森林覆盖面积开始减少。到公元前 2000 年，白垩高地露出了大片的空地；到公元前 500 年，一半的原始丛林已不见踪影，手持斧头的人们越来越多，这加速了原始丛林的消亡。英国的原始森林在能给人们留下记忆之前便已消亡，这是这些时间节点的意义所在。这方面可能没有被历史或编年史记载，但我们仍能想象出森林的影子。原始森林的消亡也发生在故事之前，甚至比现在流传下来的最古老的传说更早，甚至超出了传说的范围。对于从那时流传至今的故事，定有许多人在口口相传。他们断章取义，在一个个"传话游戏"中变得牛头不对马嘴，就像公元前 2 世纪的凯尔特人仿制希腊钱币，结果将纸币背后的战车图案分解成了一连串的圆点和线条一样。即便如此，一个信号还是传递过来。**故事不会轻易被时间冲淡，因为这不是一种被动传播**，有一种抗干扰性在起作用。每当故事要被静态干扰淹没，每当太多细节变得毫无意义时，讲述者便会在讲述过程中进行加工，再次赋予它们一种当代意义。但在这个链条中，原始森林要比最早、最模糊的传播环节还要早，它根本没有给我们留下任何信号。时间已太过久远，我们无法光凭记忆来讲述英国大丛林的故事。

与此相反，我们只能像美国西南部的霍皮印第安人那样来讲述它：据传，他们会将孤儿残酷丢弃在荒野。传统的霍皮社会根本没有孤儿。从文化上讲，无论缺少哪个家庭成员或哪个孩子都不可能失去家庭的保护。如果没有父母，还会有姑姑和姨妈；没有姑姑或舅舅,还会有堂表兄弟姐妹;没有堂表兄弟姐妹,总会有其他人。即使对于霍皮人来说,抛弃孤儿似乎也需要想象,需要以故事的形式进行包装。**<u>它的核心应是每个人有时会感受到的一种自怜,这可能有助于引导儿童或青少年思考他们基本的独立性。</u>**这种情况表达的是人类在成长过程中感受到的一种孤独感,与我们的亲属体系运转得好坏无关。

森林故事与森林文化

森林的必要性也是出于同样的道理，无论现实中的森林能对讲述者的日常生活经验产生多大的影响。英国一些最著名的森林故事都来自森林文化更加浓郁的异邦：《汉赛尔与格莱特》和《小红帽》分别是根据德国和法国的真实景观创作而成的。跟随讲英语的美国定居者一起越过大西洋后，这些故事重新获得了新的环境，**现实中的森林也为这些故事提供了推理依据。**但即使在英国，讲述这些故事也有一定的意义，虽然反奇幻的拉克姆发现到了1086年《末日审判书》颁布时，汉赛尔和格莱特朝着任何方向行走超过四英里[1]都会迈入开阔地带，真的不需要使用白色的鹅卵石指路。**真正的森林存在与否，都不影响我们讲述故事，因为我们知道当迷途的孩子一步步走入森林深处时，他们是在探索不同的地理环境。**他们正在进入迷思的深层空间，那里不需要什么位置概念，想象中的一条林间小径便是一个鲜活的参照物。

就像霍皮族孩童奋力与之斗争的沙漠或山脉一样，森林也关

---

[1] 1英里约合1.6千米。

乎孤独，森林也是旅行者必须认识到自己独立性的地方。"欧洲的许多童话故事中，"布鲁诺·贝特尔海姆[1]写道，"离家出走的兄弟很快会发现自己已陷入一片巨大的黑暗森林中，他会感到迷失——因为离开了父母提供给他的生活模式，却还未建立起自己的内在模式，而这种模式只能或多或少凭借自己积累起来的生活经验来打造。"它们真是非常相似。**但森林还有其他特殊的性质，即它浑厚的荒野味道。你无法看透，它会阻碍你的感知。** 你必须明白，森林给予我们无以名状的印象，且混杂着原始的黑暗与混沌。故事中，没有一个人会被带进森林并能获赐世界上的所有王国，或受邀去把石头变成面包。但森林是你对周围事物无法显示神通的地方。因此，**传统的心理分析流派认为森林是潜意识的主要象征。**"我们潜意识中的那个黑暗、隐匿和几乎无法穿透的世界。"贝特尔海姆在《童话的魅力》中写道，他在这本书中从心理角度剖析了童话故事。**这是人的意识所必需的荒野。之所以交错，是因为它单独的生长从未得以区分或表达；之所以黑暗，是因为这里滋生的恐惧和欲望并没有被承认，进而进入意识；之所以没有痕迹，是因为你永远没有有意识地拜访这里**，而这种有意识的专注是寻找道路时所必需的——除非，传统上来讲，你进行的是分析之旅，躺在枝叶下面的沙发上任由思绪飞扬，形成了类似于患者与治疗师之间的特殊对立统一关系。

---

[1] 布鲁诺·贝特尔海姆，美国心理学家，对儿童孤独症的心理障碍尤感兴趣。

森林与心理分析学和儿童心理学

　　严谨、守旧的心理分析定会就此打住，只给予单一科学或艺术的发现特权。梦把你带到那里，但那是一条通往这个无意识领域的经典无意识通道，是黑暗中的森林之旅，让你迷失在它的郁郁葱葱之中，让你在灌木丛中慌不择路，似乎正被荒野狩猎者追赶（或许他们真的在追赶你，这要看你做的是什么梦了）。弗洛伊德心理分析学派一度认为故事基本上如同做梦，内容均是无意识产物：它们的价值在于储存了很多图案与见解，但仍需心理分析的解释系统进行阐述。弗洛伊德认为，作家能直观地了解心理咨询师辛苦钻研的东西，因此值得称赞。这种判断仔细想来，其实是在赞颂作家所具有的自然节奏感。因此，故事定会让你迷失其中，与森林相比有过之而无不及。不过，故事的积极能量和塑造能力始于试探，而后是热情，然后开始逐渐消退。故事被认为是一种对抗无意识的意识工具，与心理分析视作根据诊查室里的互动生成的故事这种更为谦卑的认知本身非常吻合。

　　<u>**如今，故事被看作刻意进行的森林之旅，能进一步加深自我认知，因为它们使用了心灵丰富的语言符号，表达更为直接。**</u>

它们已经从问题转变成了答案。贝特尔海姆曾指出:"童话并不是一种神经过敏的症状。"你不能试图进行诊断,然后让它消失。他讲述了古印度的一种做法,即给精神病患者讲故事,促使他们的大脑认真思考,他的这种见解发表于1975年。他认为故事具有治疗效果,由此成为该理念的先驱。自那以后,很多人赞同这个观点,创作出了许多大众心理自助疗法的神话故事:《铁人约翰》[1]《与狼共舞的女人》[2],并根据个人需求将塔罗纸牌包装成"故事盒"进行推销。这种文化潮流能否被看作是对以前错误的一种过度补偿,取决于故事能否具有强大的心理治疗作用,如果有效即被视为真正的灵丹妙药,那么能否因故事会对森林作出有力的评论而被视为森林的向导。

不同的治疗流派当然会建造出不同的"森林"。弗洛伊德的无意识学派是一个相当个体化的事件,因此,弗洛伊德森林也是如此。它包含的只有那些已在生活中出现、却未被意识到的恐惧和绝望。这是一片私人森林,所以也是因人而异的。相反,荣格的集体无意识形成的则是一种共有森林,通往同一片土地的道路数不胜数,却能殊途同归。因此,我们不是讲述类似的故事,或

---

[1] 美国深度意象派代表诗人罗伯特·布莱的作品,借用欧洲传统童话《铁人约翰的故事》为框架,阐释现实生活中小男孩如何成为一个男人的蜕变过程。

[2] 美国诗人、高级荣格心理分析学者克拉利萨·品卡罗·埃斯蒂斯的作品,每篇以一个原型神话开始,分析该神话的意涵,进而论述女性如何在社会文明的压抑之后重新找回自己的野性。

做着相似的梦。我们利用了一个基本经验：一个想法如若超越了隐喻，便会沾染上神秘或魔法的色彩。只有故事才能让隐喻变得具体且不会惹是生非，因为虚构的魔法并不等同于要把魔法当成现实。罗伯特·侯德斯托克[1]笔下的莱厄普森林兼具了现实的地理特征与神话色彩，就像时间机器"塔迪斯"一样，内部别有洞天。从森林边缘的耕地来看，它只不过是一块不大不小的橡树混种林地，遵循树叶和土地提供的标志性信息进入之后，那些粗大的树枝就会变成绿色拱门，笼罩着一块充满惊奇与恐惧的领地，一直向后延伸进时间长河。这便是森林的入口。越往里走，你越会感到像是进入了时间的深渊，眼前扩张的风景就像重力井拉伸空间一样；越往里走，森林里的人物便越发古怪，他们所出自的神话也越久远，直至超出记忆的时间范围。当你来到莱厄普森林无法穿越的中心地带，冰河时代浮现在眼前。那些亡命之徒、部落成员、巫师和魔头，虽然不可知，却仍然似曾相识。无论你是否有意记住了他们，森林里出现过的每一个神话人物都集聚在了莱厄普森林。这片森林能产生反应，是受其范围之外的心智控制的力场，想法会在这里复活。不过，能在莱厄普森林真正复活和变得危险的，只是荣格的集体无意识，只是我们人类在丛林下书写的整个历史，蜷缩在我们的脑海里未被察觉。她是由落叶变成的吗？野兽会不会把枯枝堆成骷髅的模样，经过一个秋天，落叶覆盖于

---

[1] 罗伯特·侯德斯托克，英国奇幻小说作家，著有七部"莱厄普森林"系列作品。

骷髅之上,由此形成原始丛林的血肉之躯?在森林里,会不会有某个时刻,一个近似于人形的生灵从灌木丛钻出,被森林之外某种强大的人类意志塑造成完美的人形?

对此我们大可放心,因为即使在整个英国,真实森林自原始丛林以来就没有变化过,占地面积小得可怜。深幽的溪谷间和陡峭的山壁上残存着一些古代植被,可能只有几平方英尺[1]的植被没受到破坏。小酸橙树苗和花格贝母就是从这里开始再次铺满周围的林丛,这些也都属于入口。

如果森林是我们"失去了过往生活所依靠的基本支柱"(引用贝特尔海姆的话)时才会前往的地方,那么我们什么年纪都可以去那儿。任何时候都可能会是生命结构不复存在、树根和枝条将我们团团包围的时候。我们所遵循的秩序也许会毫无征兆地轰然崩塌,或是经过长期的艰苦努力,最终崩溃或是消磨殆尽。树叶第三次、第五次或无数次被我们踩在脚底。**"我到达人生旅程的中途,却发现自己正在步入一片幽暗的森林。"《神曲》的开篇如此写道。**三十岁时,但丁巧妙地实现了中世纪时代背景下人生的平衡。在这片幽暗的森林,地狱裂开豁口,天堂挥手示意,炼狱燃出火焰。但无论我们返回多少次,森林总有新的开始。这也是我们作为个人诞生的地方:这或许能够解释我们为什么总想把童年与原始联系在一起,总想把一个人的早年生活与一个社会的早期时代结合在一起。这里是婴儿的属地,在他们发展中的心智

---

[1] 1英尺约合0.3米。

建立起一种可依赖的模型之前。这是结构形成之前我们所在的地方。在我们掌握语言，通过命名辨识世界万物之前，在我们明确知道我们自身存在界限，并不是与其他物种共存于一片温暖和融洽之前，我们在森林中，与其说是我们走进森林，倒不如说是突然发现自己置身其中。事实上，我们每成功确定一个物种名称和地理位置，便会对森林及其如何成为森林多一些认知。我们逐渐意识到周围黑压压、高耸入云的生灵是树木。这是第一次，森林并不代表某种情感状态。但丁的幽暗森林是一团纠缠不清的情感，这种精神状态没有在字面意义上被清楚地表达出来，也就是没有被拆分成相互独立又彼此联系在一起的情感单元，因此我们无法将成年人复杂而可悲的状态排成一个序列，从而理解它们。但对于在森林里第一次产生意识的婴儿来说，这只是一种认知问题。想一想医学扫描仪所能生成的脑部横截面图像，那些脑部活动的伪彩色图像，或红或紫，或黄或橙。它们描绘的便是我们脑部的森林。刚出生时，我们的大脑还没有建立思维路径，连接神经元的树突凌乱不堪，世界在我们的脑海中只是一片空白。帮助我们走出这片森林的正是故事。正是那些我们最先听到的故事，正是那些支离破碎的片段，最初只会让人产生一种带有故事般飘忽的感觉，它们就像一封通过信箱寄来的书信。然后是那些大声读给一两岁孩子听的图画书。最后是那些本身就像松针一样尖刻的童话故事。

幼童时期的故事全都来自成年人观察后的描述。一岁的孩子口头描述不出掌握语言之前的经历，到了三十岁也记不起来。通常而言，**一个人最早的记忆可追溯至三四岁时。记忆的形成与语言的发展密切相关。**并非所有记忆都是以文字的形式呈现——大多数最深刻的记忆完全是对色彩和情绪的再现，它们无法通过文字来还原——但弥补缺失情感的能力等同于通过符号描绘世界的本领。因此，人们对语言出现之前的森林的认知，全都来自扮演着人类学家角色的成年人。他们看着这个奇怪的幼童群体，试图利用自己观察到的行为来推断出一种内在秩序。

对成年人来说，幻想的范围十分广阔。《爱丽丝镜中奇遇记》中，爱丽丝走入了"一片森林……那里的东西都没有名字"。她遇到一头小鹿，却因没有名字而无法相互了解。

> 他们一起在森林里走着，爱丽丝亲切地用胳膊搂着小鹿柔软的脖子，最后来到了另一片空地。这时，小鹿猛地向上一跳，从爱丽丝的胳膊中挣脱了出来。"我是一只小鹿！"她快乐地叫道，"看你，天哪，你是一个人类的小孩！"它那美丽的棕色眼睛突然流露出了惊恐之色，一转眼就逃之夭夭了。

见过十八个月大的孩子追赶家猫玩耍的人都知道，真正的未知森林绝不是狮子能与羔羊共处却相安无事的和平王国。刘易斯·卡罗尔受到某种成年人愿望的诱惑，希望改变成年人自我意识中的冷嘲热讽。他以嘲讽和玩笑的口吻描述了一个没有嘲讽和玩笑的地方,这是因为一旦没有文字,所有事物就都消停了。但儿童早期阶段并不是一种稳定的、可以投映纯真梦想的平面,儿童后期阶段也是如此,你无法安稳地将孩子固定在某个阶段,**真正的孩子不可能不想长大。永远不会长大的孩子只有成年人内心想象出来的自己。真正的孩子总是在不断变化:要么获得新的经验,要么以新的方式获得相同的经验;他们总是在不断进步,努力成为独立的个体。**语言出现之前的那片森林既不纯真,也不安宁。幼童虽不会开口说话,或是一个婴儿虽然还不会直立行走,但始终是在接触和感受,不停地以一种认知性探索的物理方式体会着这个世界。人类生命的起始点如果是指某个静止不动的时刻,那对于人类来说这种起始点并不存在;从受精卵开始分裂的那一刻起,一切都在变化。

作为探索儿童行为目的性的伟大开拓者,让·皮亚杰[1]也坚持认为儿童的心智之间存在根本性差异。**在生命的第一个阶段,幼童所有的认知都来自于身体接触——借用他的术语来说就是"感官动作期";但学习语言之后,他们便会进入"前运算思维期"。**根据20世纪二三十年代对瑞士三四岁儿童的研究,他指出"前运算思维期"儿童世界观察的方式非常独特。比如,

---

[1] 让·皮亚杰(1896-1980),瑞士心理学家,"认识发生论"创始人,其研究主要分为四个部分:智力结构、基本科学概念的发展、知觉论和认知发生论。

他们会以自我为中心，普遍认为他们走路的时候太阳和月亮会跟随自己走；他们还认为万物只要会动便有生命，比如云朵和汽车，之后才将这个范围逐渐放宽到那些会自行运动的事物。（但有一个例外：任何破损的东西从一开始便没有生命。）另一方面，他们认为自然界的一切都是为人类而存在，都是为满足某种需求而被人们制造出来的。他还发现，日内瓦大部分的学龄前儿童都认为日内瓦湖是在建城之后，人们使用铁锹开挖而成。所有这些"曲解"放在一起所构成的世界既不冰冷也不鲜活，不以儿童意志为转移地自行运转。相反，它们具有神奇的反应力，将儿童环抱其中，就像西洋镜内侧的一圈图案。皮亚杰指出，产生这些复杂认知的原因是儿童难以理解现实的基本真相，那些支配万物行为的最基本原则。**三岁儿童世界的奇妙之处不会对成年人的理解构成挑战，但根本上的认知差异几乎超出了想象。**

成人世界存在这样一条法则，即我们周围环境的物理性质只会以可预见的方式和过程发生变化。（除非事件完全超出了一般事物范畴，比如流星坠落或发生地震。）成年人眼中的世界是动态变化的，但能够被捕捉到的，至少可从日常生活的层面上被感知到这种变化或发生。而根据皮亚杰的实验结果，"前运算思维期"的儿童似乎并不知道事物存在可预期性。他们逐渐才会认识到事物外观发生变化不会影响其内在本质。因此，爸戴上帽子之后仍是爸，这是他们走出"感官动作期"需实现的一种认知成就。但这个时候他们仍未走出森林。他们还不知道物理属性也会"守恒"——属性发生改变时，一个维度的缩小定会引发另一个维度的扩张。给"前运算思维期"的儿童展示一排纽扣，然后将其打乱，他们会认为纽扣变多了；两根相同的木棒放在一起，他们能看出长度相同。下面的一根若向左滑动，这根木棍突然会显得更长；若将一团橡皮泥搓成长条状，它会瞬间变得更大。

掌握这种思考方法非常困难，因为当孩子学着记住物质的不同属性时，按照可预见的次序循序渐进，直至掌握最难的部分——体积，每个被掌握的物体就会变得自然和理所当然，不可能重新变为未知事物。在皮亚杰的理论模型中，这些是一个孩子必须掌握的"运思"（运算思维期），然后才会在六七岁时进入下一个发展阶段——他特别指出，六七岁在许多文化中是传统的推理年龄。这些"运思"属于逻辑推理过程，但有别于数理逻辑。它们是逻辑的核心，是其他一切都必须遵循的基本原则。它们是最简单的步骤，当了解 A 大于 B 时，B 必然小于 A 的道理，你就能够应对变化中的世界。

皮亚杰最著名的一个实验就是证明"前运算思维期"的儿童无法处理另一种"运思"——类包含。"类包含"是指一类事物完全隶属于另一类更大范畴的事物，比如"女性"就被包含在"人类"的范畴之中。主要问题在于对部分与整体之间关系的理解。皮亚杰拿珠子来做实验，他将九颗棕色珠子与三颗白色珠子排在一起，这两种颜色的珠子数量存在明显差别。然后他问："珠子更多，还是棕色珠子更多？""前运算思维期"的孩子几乎无一例外，都回答说棕色珠子更多。测试对象的年龄越大、越接近下一个发展阶段，就越发觉得这个测试令人困扰，越能意识到什么地方存在纰漏，虽然他们还无法指出问题的所在。皮亚杰以此证明：六七岁以下的儿童无法辨别整体与部分的关系。倘若果真如此，那这就不是一个微不足道的逻辑问题。懂得如何将各种现象归入规模不同的类别，同能够辨别事物大小一样，是理解这个世界的关键。问题不在于儿童无法说出整体大于部分，而是在于他们根本没有这样的概念。皮亚杰的观点如果正确，那么听童话故事的孩子就不懂得除了晴天还有其他的天气状况，除了猫还有其他的宠物，除了汤匙还有其他的餐具；<u>皮亚杰的观点如果正确，那么一个三岁的孩子不仅会认为魔幻森林里的动物张口说话极其正常，而且会觉得这片森林应非常稠密</u>——因为他根本不明白森林与树木的包含关系，常会混为一谈。

作为一组比喻，皮亚杰归纳的各个阶段无疑很有价值。我在本书中也正是采纳了这种分类：从"前运思期"到"具体运思期"，再到"抽象运思期"逐步发展，为我的阅读历史提供了一幅基本的概念图。但过去二三十年来，发展心理学家就"类包含"等理论的关键细节对皮亚杰提出了越来越多质疑，分歧主要集中在语言方面。首先，"珠子更多，还是棕色珠子更多"这个问题甚至会让一个成年人也心中一怔，这并不是说他们不懂得"类包含"。皮亚杰认为，这句话的唯一难点在于潜在的认知困难。要正确理解这个问题，需要你留意"珠子"和"棕色珠子"

属于不同层级的类别，这也是皮亚杰的实验意图。但是，这个实验也要求你忽略或不去理会句子形式本身所含有的强烈期望，期望你针对平行类别（即同一层级的类别）中的事物展开比较。回答错误的孩子显然认为皮亚杰提出的是一个更自然的问题，顺着"是……更多，还是……更多"的思路去考虑，而不是逆向考虑。他们回答的是"白色珠子更多，还是棕色珠子更多"的问题。对于这种欺骗性的语言暗示，皮亚杰不觉得存在问题，可近代的心理学家并不这么认为。

更关键的是，他们对语言本身在心智发展中所扮演的角色存在分歧。皮亚杰认为语言只能遵循理解能力的增强而发展。他的理论体系认为开口说话是人生最初两年可获得的重要能力，儿童通过一组共同符号来操控世界，可极大加快其他领域的学习进程。因此从这个意义上说，语言表达能力与儿童以后获得的每一项成就都存在巨大关系。但皮亚杰认为一个儿童应先学会某种事物，然后才能开口表达，这是一种常识。语言表述的是你已知的东西，语言本身不会发展，或引导智力朝着特定方向发展。如果真是这样，如果语言真是如此显浅，那么他抛出"珠子问题"时所采用的提问方式（并未使用深奥晦涩的词汇），应与"前运思期"儿童能否回答出这个问题毫无关系。20世纪70年代初，英国心理学家詹姆斯·麦加里格尔开始使用多个版本的"类包含"问题进行实验，有些调整了措辞，有些修改了测试中有可能对孩子产生触动的一些其他的属性。他随即发现，如果增添一个形容词，引导大家注意整个类别的共同点，那么与区分黑白的提问方式相比，能够答对的人数会显著增加。将一些玩具小牛平躺着放在地上，问他们是黑牛多还是睡觉的牛多，答对者的数量几乎翻了一番。他还发现，提问时使用的词语越多、将测试情景的其他方面描述得越熟悉，儿童越能清楚地把握成年人的提问意图，越能将思路引导至正确的对比层级——比较的是黑色与整体，而非黑色与白色。这一发现超越了语言的作用，但又与语言有着重要关系。将"类包含"问题以特定的语义方式呈现给儿童，他们便能顺利通过测试。这证明他们并非从认知根本上无法理清部分与整体的关系，是因为皮亚杰在他们的内心世界暗示了一种古怪结果——因为儿童如果完全缺失这种能力，那么无论怎样调整问题都不会改变测试结果。他们缺失的，似乎是无法轻而易举地理解"珠子更多，还是棕色珠子更多"这个问题的语言含义。

《儿童的头脑》是最著名的皮亚杰理论修正案论述之一，由麦加里格尔的同事玛格丽特·唐纳森编写。她指出，若要答对皮亚杰提出的问题，儿童必须忽略一系列东西。他们必须忽略自己对白色珠子和黑色珠子问题的提问方式；忽略自己熟悉的句式对提问者所使用的陌生句式的干扰；拒绝内心对提问者可能的意图所做出的任何本能的猜测。简而言之，除了问题本身所使用的词汇之外，孩子必须忽略其他所有的信息。可事实证明，这是对孩子们来说最困难的事。唐纳森、麦加里格尔以及其他很多学者的研究均表明，<u>**可以说只有将语言融入具体情境才最容易让孩子理**</u>

解，所有现有的非语言线索才能产生影响。他们称之为"内嵌式"语言，话语"被嵌入在一系列相伴发生的事件之中"。比如，成年人可以一边说"到这里来"，一边挥手微笑，需借助这些非语言线索才能理解的一定是还在牙牙学语的幼童。不过，即使对于成年人，话语是否采用"内嵌式"仍会影响理解的难易程度。将包含抽象逻辑术语的问题通过可自然表述和特定情境的词汇转述出来，虽然概念内容没有发生变化，但对大多数人来说会变得更加容易理解。

当事件的发生需要语言的印证时，人类这种永远想要快速捕捉信息的本能倾向，会带领我们的脑海回到那个语言和事件联系更加紧密的时期，那时的我们只需直接"读取"发生的事，而不需要区分听到的话和那些言外之意的不同。将问题从情境中剥离出来，纯粹将其视为语言通过内部互动来产生确切含义的一种机制，这需要三四岁的孩子在脑海里逆向思维。这个过程难度极大，或根本无法完成。因此唐纳森得出结论：**儿童无法对语言本身给予细致的关注。**她指出，如果学龄前儿童所在的家庭不太注重口语训练，那么在极端情况下，他们甚至可能不明白他们所说的每个单独的词语就是他们说的话。他们会将语言视作一种流体或连续体的整体，而不是一个个连续的单元。当然，作为单元的词语本身也是语言的固有组成部分，我们在任何年龄开口说话的能力都取决于一种心理语法，它能将我们的想法分割成独特的、扮演着不同语法角色的意群。但是，对于幼童来说这个过程完全属于无意识，因为人类张嘴说话的最后一个阶段是将语法字符串进一步转化为声音，促使咽喉、舌头和嘴唇做出一连串动作，其实让我们注意到的正是这个阶段。正如一位语言学家所说，我们是用"一股气流"吐出了所有文字，它们之间并没有留下可以听出的间隙。因此，儿童能听到的或许就是那"一股气流"。

六七岁的儿童具有可辨识、可"运思"的合理性是皮亚杰的突破性发现，而修正主义者在语言中看到一种并行的成就可予以替代。显然，皮亚杰的"珠子问题"的确具有某种重要意义。当孩子长到能够答对这个原始的、具有欺骗性的问题时，他们的认知已发生了某种变化，进入了新的发展阶段。不过，这个时候他所获得的是将语言当作一个系统来看待的能力，句子的含义拥有正式的表述规则——即使这种含义与预期截然不同。处理潜在逻辑关系的能力，在这几年之前已被掌握。**早在儿童能够确切表述一棵树与一片森林之间的抽象关系之前，语言可以有助于阐明事实。**

对嵌入式语言的依赖并不是幼童的弱点。与此相反，这正是他们通过语言这种强大的工具来认知世界的最初途径。嵌入式语言存在限制，却是基础。通过它，幼童能够掌握更多的东西，这远远超出皮亚杰的想象。他们学会判断、评估、组合和保存的时间远早于皮亚杰的预估；他们能将物品分成不同小组，再将小组归纳入大组。如果他们把时间花在去追踪和观察周围人可能的意图上，这么做就不利于准确理解某些晦涩文辞，就不可能像皮亚杰估计的那样以自我为中心。这并不只因为他们不会用心关注非嵌入式语言，而是因为到那时为止，他们把生命中最集中的注意力都放在了嵌入式语言上。

值得思考的是，语言嵌入程度最深的形式是什么？尽管如此，其似乎仍然能致力于打动当下情境之外的听众？哪一种说话方式既会呈现一个又一个情境，又满是具体细节，还能让听众瞪着机警的目光时刻关注说话人的意图？什么东西能以儿童喜闻乐见的方式，提供最丰富的认知内容？非故事莫属。曾在20世纪70年代研究过儿童对故事的反应的亚瑟·阿普尔比发现：约百分之七十的两岁幼童已能根据惯用风格来辨别某段话是故事，而非评论、笑话或命令。通常，一种特殊的过去时态的出现，会引出一个别具一格的开场白，会提醒听众将注意力完全转移到语言所描绘的事情上来，比如，"从前""很久以前，在一个遥远的地方""在那个人还是动物，动物也是人的时代""在过去"……

与此同时，**儿童从语言学习的最初阶段开始，就在从感官和功能两个层面来理解文字**。他们无法细心获悉的是含义的结构，就不能巧妙嵌入语言的神韵、语义和搭配之中。韵律的出现整体上先于文字，押韵的表现手法要比可用于押韵的词汇发展得更快，由此才出现了一堆只押韵但无意义的词汇：ran、gan、splan、tran、pan、blan……又比如一首歌，如果歌词中十个单词只有一个听得明白，同样不影响他们乐在其中。"光脚丫先生只有一只靴子/他有两个可爱的妹妹会吹笛子/他还有一只体型庞大的恐龙！""我不喜欢绿皮蛋和火腿／我不喜欢它们，我就是山姆。"谁在乎恐龙是什么？谁在乎有没有绿皮的鸡蛋？声音就能够描绘出精致的图案？1962年，心理学家露丝·威尔注意到自己两岁四个月大的儿子躺在婴儿床里准备睡觉，嘴巴却一遍又一遍地嘟囔着"口红像毛毯"。他不仅对妈妈涂抹的口红与自己拉到嘴边的毛毯进行了类比，而且还创造出了他自己非常满意的三个词段，每段都是"l"音后面跟着"k"音。

> *Lipstick*
>
> *like a*
>
> *blanket*

从最简单的一句话形成的节奏到最发达、最复杂的押韵文字一直在跳动，乃至"人类最初违反天神命令而偷尝禁果[1]……"故事就这样开始了。

毕竟人类是个善于讲故事的物种。生物学家斯蒂芬·品克认为，精心组织的语言具有一种进化上的优势，有助于我们预测弱肉强食和危机四伏的世界将会发生什么。纵观所有物种，所有人类语言都抓住了这个优势，将各种现象命名为物品或动作、名词或动词。依靠这个根本性决定，人类得以构建出灵活且极为实用的文字序列，从而将谁做了什么事、什么东西去哪儿了，即发生

---
[1] 这是弥尔顿的名著《失乐园》的第一句。

了什么事表述清楚。品克称，语言还存在其他的逻辑可能性，逻辑学家 W. V. 奎因曾对其中一些做过研究。或许我们可以将名词和动词组成几种不同的混合词，以此表示"某件东西及其动作"或"某件东西及其环境"。既然我们没有这么做，我们的语言便对处于同一参考物级别的表达方式产生了结构性偏向，这也是皮亚杰的"珠子问题"在本质上难以理解的原因之一。自然出现的词语中没有哪个能表达"某件东西及其范畴"的合并意思。因为我们是以名词和动词来组成句子的语义模块，而每句话又构成一个事件的描述模型，这样就组成了对一个事实的陈述，或者也可以说，是一个真实的故事。从这个角度来看，事件是想象出来的还是真实发生的已不再重要。**<u>人类语言的根本性突破，在于每一件事情都能够被描绘出来。我们一开口说话便是在讲故事。讲故事的能力或许就是那种最值得被习得的语言功能。</u>** 两岁大的孩子开始理解故事的规则，可能就像我们灵长类动物直立行走或我们特有的拇指对向性一样，是基因遗传而来的。

我们对故事本质的认识最初并非来自形式拘泥的白纸黑字。所谓故事，就是将语言奇妙地束缚于亘古不变的形态中，将遥不可及的事物置于眼前，周围的空气仿佛已凝结成一块水晶，通过它你能洞悉一切。不过，能让我们如此感悟的并非书本，它属于后来者。我们最初的认知媒介是成年人的声音，每次讲故事都会遵照相同的次序、使用相同的词汇。幼童一旦掌握了原理，便会更加渴望一字不差地反复听到。所使用的词汇必须是对味的，否则它就不算是故事。不能说"狐狸遇见了鸭子一家",而是要说"狐狸遇见了鸭先生和鸭太太,以及他们的鸭宝宝"。故事只有保持不变,才能使它有一种可靠的存在感。这么做有助于扩大已知事物和可信赖世界的范围。对于幼童来说,这个可信赖世界是由最深层的、完全可以依赖的图案所组成。皮亚杰将幼童脑海中的这种图案称为"图式"。这种图式一开始非常简单,比如,"每一样可以放进我嘴巴里的东西",然后就会出现细分,食物和非食物就会形成不同的图式,并逐渐变得复杂。另一种理解方式是,幼童的直觉会与维特根斯坦[1]的观点相吻合——世界是事实的总和,而非事物。构成世界的是你信以为真的东西。物品极其重要,但在幼童的世界中,他们所触摸到的东西也只是一种事实,比如能够代表所有砖块本质的红砖,被放置在房屋中心位置的厨房家具。物品只是被分割出来的一个图式子集,即"真实的事物"图式。对于这些事实你可通过触碰或咬嚼进行验证,但它们与其他同样具有确定性的种类存在一种并存关系。"天总会亮"是个事实,又或是"任何一次讲述里,无论大灰狼使出怎样大的力气,第三只小猪的房子都不会被吹倒"这样的事实。故事就是如此。你一旦确定它们不会随便改变,它们就会成为现实的组成部分。"世界,就是一切现实情况的总和。"

---

[1] 路德维希·约瑟夫·约翰·维特根斯坦(1889-1951),英裔奥地利哲学家,分析哲学创始人之一,20世纪最有影响力的哲学家之一,其研究领域主要在数学哲学、精神哲学和语言哲学等方面。

毫不奇怪，<u>在这个阶段，一成不变的故事能让幼童感到满足，而它们是否为虚构也就无关轻重了</u>。故事的可靠性也正是它们引人入胜的原因所在，但刚开始时这种身临其境的感觉并不深刻。G.K. 切斯特顿[1]曾指出，如果故事讲到"有人打开一扇门并发现门后有一条龙"时，会让六岁的孩子变得兴奋，那么只听到"有人打开一扇门"的时候就足以让两岁大的孩子兴奋了。图画书给幼童讲述的旅行，通常都发生在他们熟知的世界。在珍妮特·阿尔伯格和阿兰·阿尔伯格夫妇创作的现象级畅销图画书《大盗比尔》中，比尔总是穿着横条行窃服、头戴眼罩。这种装扮会给孩子留下深刻印象，这也许是他们心目中的头号坏蛋形象，所代表的邪恶力量无人不知。但当比尔无意间抱走一个婴儿，他所做的也不外乎换尿布、温奶瓶等非常令人熟悉的温馨之举，差别只在于他背有赃物。阿尔伯格夫妇在《婴儿目录》中对此做出了符合逻辑的结论。它提供的是一种纯粹的认知乐趣，除此之外，别无其他。书中出现的全是奶瓶和便壶、小羊毛衫和高高的椅子、各种各样的爸爸和妈妈。（就像人类动物园里可轻松辨认出来的种类一样，因此这本书虽没有文字却发挥着桥梁的作用，既能给孩子传递一些知识，也可用来慰藉成年人，这也是优秀图画书的作用。）在雪莉·休斯的《阿尔菲先进门》中，三岁的阿尔菲兴奋地将前门关住，将推着妹妹正要进门的妈妈关在了外面。妈妈试

---

[1] G.K. 切斯特顿（1874—1936），英国作家、文学评论家，被誉为"悖论王子"，代表作有《布朗神父探案》《诺廷山上的拿破仑》等。

着通过门上的投信口教他如何开门，围观的路人越聚越多，还帮忙出谋划策。

用成年人的视角来看，阿尔菲的妈妈大概是生活在1985年的一位社会工作者，留着一头卷发。儿童并不做这种风格化和社会化的梳理，但会对图画书能否代表他们所熟知的那个世界做出总体和直观的判断。阿尔菲的妈妈只要看上去依然保有合理的当代感，《阿尔菲先进门》就能继续吸引孩子读下去，探究门前的故事。1966年，我两岁时，曾看过雪莉·休斯的另一本书《露西和汤姆的一天》，但现在看来已无法做到这一点。随着时光的流逝，你已认不出给露西和汤姆家中送东西的面包师、牛奶工和报童了。只能记得爸爸戴着帽子去上班，妈妈穿着印花裙待在家里。但是，我依然记得书中笔触生动的插图，忘不了雪莉·休斯运用水墨线勾勒出的一张张别具一格的圆脸。我对露西和汤姆日常生活的场景不由产生了一种共鸣。汤姆经常把玩的那辆红蓝相间的小火车似乎就是最好的玩具。借助于他们在儿童房使用暗红色毯布搭出来的帐篷，我也深刻体验到了那种包裹感与藏匿感。汤姆喝茶时脸上沾满了糖浆，似乎是对杂乱和欢闹的一种浓缩。《露西和汤姆的一天》中的每一个元素都与我的生活似曾相识。**图画书中的日常景象具有强烈的感染力。**

但用不了多久，儿童的脑海就会被故事中各种各样的与自己生活无法对等的人物和地点快速占据。幼童在识字之前能听到的另一类故事是童话，这些故事差不多是硬塞进了他们的头脑。

它们既可以是编写精美的图画书，比如埃罗尔·勒凯恩绘制的《野玫瑰公主》或《跳舞的公主》，也可以是一盘迪士尼录影带。但无论采用哪种载体，童话与大多数小说相比会更像是把一个个事件堆砌起来，而且讲述方式多种多样，尽管有些童话算是较为正统。童话故事就是一个运行次序的问题，它可以像软件算法一样被简化成一张流程图，继承了俄国民间故事形态学家弗拉基米尔·普洛普衣钵的那些分析家也的确这么做过。它不需要插图，也不需要作为有记载的文本而存在。你不会记得童话故事中的每词每句，能留下印象的只有极少数一些程序性的套话，它们本身就是故事中的事件，因此也属于一种微型流程图。比如，"从前""镜子啊镜子"，以及（再说一个，以示强调）"她不停地跳舞，直到栽倒在地"。从讲述者的角度来看，童话故事所需的无非是说话的声音，即使是那些刻意营造的气氛和场面感都是可有可无的。童话故事即使没有围着火炉那样集中地讲述，也能流传开来。忙着做饭或扫地的成年人能随时讲出一个童话，把孩子逗开心。那儿已有足够浓郁的气氛，有别于平常说话的故事流程图已经形成。"从前"就是个标记，意味着接下来所讲述的与眼前的活动无关。它像是在说，不要再关注因果关系和周围的一切了，宝贝，好好听着。最后，一句"……从此便过上了幸福的生活"标志着情景再次恢复为现在。

童话故事中的角色就是命运，这个特点非常显著。主要角色是谁？他们会发生什么事？这两者之间的关系密不可分。仅从公主非常善良这一点出发，你就能预测到她最终的命运。她在故事中的身份已决定了她的未来。反过来看，除了她嫁给了一位英俊王子的事实之外，她善良的品质其实得不到其他任何方面的佐证。她的善良只能体现在这里：我们会在故事开头看到她的一些善举或遭遇的一些不幸，这只是为她的善良做铺垫而已。与借用了童话构思手法的"混血文学"作品相比，真正的童话故事中并不存在单独的角色，而是只有一些角色类型，比如善良的公主、毒恶的公主、巫婆、神仙教母、精灵、为女儿的追求者设置任务的国王。对于那些只听到"开门声"就兴奋不已的孩子来说，他们听到"白雪公主"的时候，这些角色并不存在于现实生活。但从某些方面来说，这些类型的词汇与儿童自己世界中的知识相比更容易掌握。这是因为童话世界能够很好地进行自我表述。女巫的每一次出现都能完整和充分地展示这个角色的特点。现实生活中，了解其他人的秉性非常重要，但这并不容易。这需要我们长时间察其言、观其行，然后才能做出判断。对于故事中的信息儿童可能不太在意，可能会很快做出判断，这都无关对错，无关好坏。亚瑟·阿普尔比曾让一群学龄前儿童判断一群动物的特征，结果是：对于自己通过故事认识的动物，儿童对它们典型性格的判断更加肯定。比如，勇敢的狮子或狡猾的狐狸。对于狗和猫的性格，他们的判断时常会受到自身对特定狗猫的体验而影响，因此并不准确。**所以可以说，故事里的角色特征就是提供给读者去接受，它们具有一致性，不会前后矛盾，而且会按照读者的理解**

程度进行安排。

要想好好享受一个故事（包括童话故事），**儿童必须对人们充满好奇。此外，他们还需达到那个社交水平阶段，才能理解故事中两个或更多角色的情感因果关系。**一个人生了气，另一个人会感到很不安，只有理解了其中的原因，故事情节才能得以展现。反之，比如自闭症儿童无法掌握人与人之间的交流互动技巧，因此也不会理解故事情节。但是，儿童一旦明白了人们的不同行为如何构建成为事件，故事中的信息便会以一定的频率产生流动，而这与从现实世界获得知识的过程大不相同——通过参与到各行其是的人类世界中，而这些人的故事始终在持续进行，儿童每次就只能获取一丁点儿，就像一块马赛克、云滴或修拉画出的小圆点那么少。这是第一个暗示——小说可能是亲身体验的替代品，而不是它的一种再现。

童话故事可能距离我们当下的体验非常遥远，但离恐惧和欲望并不远，否则我们就感受不到它们的紧张和刺激。批评家肯尼斯·伯克曾在1950年写道："无声胜有声，内心的声音才最响亮。"对于两三岁儿童自己讲述的故事，20世纪六七十年代的研究发现，故事所述行为的社会可接受性，与儿童在日常生活中亲身体验到的可辨识行为存在密切关系。如果故事里出现了殴打父母、尿湿自己衣服等禁忌行为，或发生了父母一方去世、遭到父母抛弃等亲情危机的沉重事件，这类故事采用现实背景的概率更低（69% 比 94%），讲述者就是故事主人公的可能性更低

（13%比39%），使用现在时态进行讲述的可能性也更小（19%比56%）。危险的事情被安插到了更远的空间与时间，甚至不允许发生在故事中与孩子同名的角色身上。年龄大一两岁的儿童总是使用过去时态来讲述故事，不会来回调整过去和现在时态，不过对于故事背景，他们也是这么处理，将危险情节安插到幻想中去，移送到不会直接反映真实事件的故事情节中去，如搬到城堡、海盗船、太空或森林中去。在那里，我们可能会做的可怕事情与可能发生在我们身上的可怕事情——两者总会交织在一起，不易分开——可以在你最想保护的画面不受干扰的情况下进行探索，这些画面代表你内心最宝贵的安全地带。毕竟，众所周知，童话故事里人们会被狼吃掉或被迫穿着针刺衣。但童话故事中的惩罚机制比较宽松，通常会在故事结尾平衡残忍行为，但坏事绝不只发生在坏人身上。往往会有随机出现的毫无意义的暴力行为。我们可能会说那很自然，还有古灵精怪的神奇魔法，香肠与鼻子一起融化的滑稽场面，以及突如其来的幸福结局呢。

从某种意义上说，这样的故事设置也的确有必要。它的存在保护了想象空间，这个空间由此变得更为安全。我们可以单纯地从概念层面展开辩论。禁忌行为必须探索清楚，但只能通过禁忌逻辑本身展开探索。要将反对某种做法的规矩装入儿童的大脑，让它成为儿童自己的东西，融入自己的价值观和认知中——就像几乎所有成年人的认知里都会自动反对谋杀一样——就必须要让他们理解这些。要完全理解一条规则，就需要想象一下破坏这条规则所能带来的后果。传统的心理分析理论也提出了一种平行的观点，贝特尔海姆将它延伸到了童话故事领域。**只有当"自我"能够吸收并转化"本我"的黑暗和强大能量，一个人才能真正走向成熟。**我们必须接受自己的潜意识，当你还不能坦然直面潜意识所蕴藏着的力量时，最好的办法就是先从故事的象征意义入手。

无论哪种方式，童话故事都被当成了一种"思想实验"。那些模式化的国王与公主，都代表我们内心戏剧的元素。他们被剥夺了与众不同的个性，由此变得千篇一律。他们都是彻底的善良，彻底的美丽，彻底的残酷，因为他们是在以原始而纯粹的形式展现喜爱、快乐、愤怒等激烈的情绪。这些代表的是我们的一部分。这种认同感十分强烈，但并不张扬。比如，贝特尔海姆认为，童话故事中的恶毒继母反映的是孩子害怕遭到亲生母亲抛弃，发泄出所有孩子对亲生母亲的负面情感，同时又不伤害自己心目中母亲可亲的形象。童话故事中，慈爱的母亲总会识趣地去世，替代她的是对灰姑娘大加羞辱、将白雪公主、汉塞尔和格莱特赶入森林的可憎怪物。童话故事中从来不会出现恶毒的亲生母亲。

童话故事中的角色或许有限，但对于不同类型的故事，贝特尔海姆仍以不同方式为角色赋予了象征性意义。一方面，在有些故事中，第三个孩子（儿子或女儿）在动物的帮助下最终经受住了考验，理解起来相当简单。孩子代表的当然是"自我"。乌鸦获救后从危不可攀的悬崖为他衔来了宝石，它是黑暗和"本我"的代表，只希望能被整合到主人公的性格之中。这里传递的信息是顺从潜意识的,潜意识便能给你带来回报。另一方面,有的故事中出现了两兄妹,代表着心理学中的两个常见形象,这里拥有足够的空间来阐释与兽性的"本我"相遇时有多危险——其中一人会变形为野兽。哥哥饮下"禁忌之泉"后变成了雄鹿或天鹅,变得强壮有力,却无法开口说话,这象征着一种欲望的失控。妹妹则会做出巨大牺牲,帮他重新变回人形。这个任务不可避免地要由妹妹来完成,性别决定了要由她来扮演有爱的角色,爱让欲望变得有人性。最后,贝特尔海姆还指出有一些故事中代表"自我"的是最小的孩子,这个孩子(坦白地说)就是个笨蛋、傻瓜,却能凭借愚蠢征服一切。同理,故事的结构为他提供了庇护。贝特尔海姆认为,这些故事适合那些年龄已经到了能区分自己的弱小世界与强大而复杂的成人世界的儿童,他们渴望得到一种基本的安抚,即有朝一日他们能克服重重困难,成功到达象征着成熟的"王国"。

森林与童话故事

1974年,贝特尔海姆的《童话的作用》出版后立刻招来了种种批评。他认为童话故事是专门为儿童创作,但实际上有很多是成年人讲给成年人听的民间故事。**他忽略了民族传统之间的差异,并低估了童话故事在现实中的意义**。在对故事细节的分析中,他认为这些都是一种固定和权威的存在,但事实上,每个版本的故事只能代表汪洋大海的一种瞬间状态,大海充满了各种可能性,而且不断变化。他分辨不清楚哪些是真正的民间故事,哪些是巧舌如簧的弄臣添油加醋的转述。之所以经常出现这些天真的观点,是因为心理学家总喜欢从不断变化、独具特色、背景固定的文化素材当中寻找一种心灵上的永恒结构。弗洛伊德最初对希腊神话的使用也曾招致类似的批评。不过,在贝特尔海姆的追随者中(他们认同故事触及的是心灵深处素材的观点),批评的声音也在逐渐增强。

争论的焦点是贝尔特海姆那种自满甚至有些得意的观点,认为童话故事的情节完全属于内心戏剧的范畴。如果国王与王后、继母与教母指代的都是听故事者身上的一个个特性,那么他们之间的故事只是心智的自我律动，时而让人感到惬意，时而让人充满不安，又时而让人变得野蛮，但参考范围绝不会超过父母和兄弟姐妹在儿童内心所代表的形象。但是，我们很难相信童话故事中的事件反映的不是人与人之间发生的事情，或发生在一个人身上的事情。确定所有故事的寓意时，必须回答的一个问题是：这些事情究竟会发生在什么人身上？贝特尔海姆的答案是，符号。一个有象征意义的符号穿着烫红的铁鞋不停跳舞，直到栽倒在地。然而，正如女权主义者及其他人指出的，即使一个符号在表述意义时也会遵循一定的顺序。故事中的角色总是从特定存在过渡到普遍存在。恶毒的继母首先是一位女性，其次才是象征着孩子惧怕母亲的符号。白雪公主的故事首先讲述的是性别的问题，如女儿、继母、父亲和情人的遭遇，其次才是描述心理变化过程的画面。故事表面上的事件绝不仅仅是儿童用来处理各种想法的工具或类比方式，它们是孕育故事含义的媒介。**每一个故事必须先从字面意义来理解，然后再从其他角度展开分析。**对于故事的作用，贝特尔海姆刻意跳过了这一环节，但这将会引发十分荒诞的后果。

以他对《蓝胡子》的解读为例。这是欧洲民间传说中最出名的一个恐怖故事，采用极端手法描绘了女性对婚姻生活的恐惧或男性对女性的憎恨，或两者兼而有之。这个故事存在不同版本，却有着相同的流程图元素。一个年轻女子嫁给了一位实力不凡的神秘富豪，这个富豪经历过多场婚姻却仍是孤身一人，其中的原因不得而知。一天，他要出门，留给了妻子一把钥匙和一个鸡蛋，并叮嘱说城堡的房间她都可以随便进出，但有一间除外。在童话故事中，越是禁止做的事情越会发生。意料之中，她走进了那个被禁止进入的房间，发现里面全是富豪残暴的罪证。这个房间就是恐怖的核心所在，揭露了正常状态下的残暴，但又因难以解释清楚更深层次意义而愈发令人胆寒。

  这是民间传说中男性暴力的核心符号，因为这个房间也可被看作一间独特的"血室"，安吉拉·卡特大胆地用它来象征女性对危险性欲望的主观意识。每次读到这个故事，它都能触动我的内心世界。故事中，蓝胡子的妻子被吓得魂飞魄散，宝贵的鸡蛋和钥匙也滑落在地，沾满了无法抹去的血迹。她明白了一切。蓝胡子回来了，她仓皇逃走，又或许没有逃走，视你看的版本而定。在安吉拉·卡特的版本中，这个女孩的母亲骑马赶了过来，掏出手枪直接击中了蓝胡子的眉心。令人惊讶的是，这个故事表达的传统寓意竟是好奇心是极度危险的！蓝胡子大开杀戒似乎是因为妻子不听劝告，随意走进那个房间。难道真的有人相信如果她不走进那个房间，便会与富豪幸福地生活下去，不再理会那些断肢残躯，就像《美女与野兽》的故事情节一样吗？更令人惊讶的是，贝特尔海姆作为一位纳粹集中营的幸存者，竟然也认同这个观点。他将《蓝胡子》阐释为一个关于女性不忠的故事，却故意忽略了在这个房间谁对谁做了什么事情，只从一般意义把它当作禁忌的一个符号。他描绘了丈夫因此勃然大怒，却莫名其妙地对前因后果的时间关系置之不理。贝特尔海姆的观点是：女人们，不要屈服于自己对不忠的好奇心;男人们,不要因为背叛而放纵胸中的怒火。

20世纪70年代兴起的童话故事革新,是对这种事情的一种部分回应——那些欣然将恶人(可能是男性)视为值得同情的、内在欲望的化身,而对受害者(可能是女性)大加谴责的读物。贝特尔海姆认为,在女权主义运动发生之前的美国,男性与女性以及孩子与父母的角色十分符合心理学上的实际。王后、女巫和教母等仙女之类的女性角色体现了母亲永恒的特性,但随着角色发生变化,这个观点的可能性似乎在降低。同样,过去认为童话故事中的黑暗森林代表了每个儿童成长过程中安全地与现实隔离开来的地带,但当虐待儿童的行为在公共意识中变得愈发清晰,这个观点似乎也不再靠谱了。不过,试图纠正这些谬误有时会是一种天真,反映了他们自己所反对的那种自我满足的心态。第一批女权主义童话故事现在看来只是拙劣的模仿,只是简单地将逆来顺受的女主角变成了独断专行的女主角,从白雪公主变成了暴躁公主。另一方面,人们开始将童话故事中发生在孩子身上的可怕事情看作一笔财富,似乎不经历这种伤痛,这些喜欢童话的孩子就无法在现实世界里找到自己的身份认同。1995年,格林童话研究学者和童话故事活动家提出:**"几乎每一个格林童话故事都提到了被父母压迫的问题。"**但是,"我们很少谈论磨坊主是如何强迫女儿将稻草纺成金线的可怕情形,或者长发公主如何被养母锁在家中和遭受虐待——就像今天的孩子经常被关入壁橱、受到虐待一样。"现在每次打开柜门,似乎都会有一个满面苍白、被饿得奄奄一息的小家伙一头栽倒出来,眼睛在阳光的照射下拼命地眨动着。这仅仅是对贝特尔海姆故事模型的一种翻转——那里的男孩(总是男孩)都居住在郊区的梦幻之家,那里非常安全,父母对他们极其疼爱。

对于故事中最与孩子相似的人物来说,一味强调美德或受迫害都会产生更深层的危险——这两种方式似乎都是在"驱邪",将邪恶从对象身上完全驱离,不为探索留下半点空间。即使邪恶出现了,唯一留给它的空间也只是残忍的"他们"身上那种无法解释的特性,作为一种针对女主角无休无止的迫害力量。它不停地被成年狼啃来咬去,却从来没有感受到自己的狼性。革新者怀着良好的意愿,重新创编了萨德的《贾丝廷》。不过,尽管做出让故事结局合乎心意的规定显得天真,但他们意识到这一点是对的——立下规定、立法,是童话故事不可或缺的一部分任务,也是它们本质的一部分。童话故事中,有关人与人之间相互行为的描述无论正义与否,都是以一种模糊而复杂的方式给予认可。**故事所具有的确定性不仅允许孩子欣然地将它们归入"理所当然的事情"之中,同时也赋予了其内容些许的暗示:事情本该如此。**我们不能说"从前有一个王子",而不说这个王子是正确的(在某种层面上或某一部分)。这种凭空杜撰但又足以令人相信的特性属于一种"不请自来",只不过我们直截了当地接受了。这就是故事的力量以及它所存在的危险性。

愤怒，是三四岁儿童生活中的重要组成部分，因此针对这个年龄段的图画书也会设法讲述此类故事，以接近儿童的真实体验。 比如，在大卫·麦基的《现在不行，伯纳德》中，可怜的伯纳德无法让父母注意到怪兽正在追赶自己。当怪兽将他吃掉，只剩下一只运动鞋的时候，仍没被大人注意到。怪兽变成了伯纳德的模样，体形也分毫不差，只剩下犄角和鳞甲没有办法隐藏。它乖乖吃掉了伯纳德的晚餐——炸鱼条，然后爬上小床睡觉。"我可是只怪兽啊！"它吼叫道。可父母仍懒得理他，只说："现在不行，伯纳德。"

这一类型故事的鼻祖应是莫里斯·桑达克的名著《野兽国》。这本图画书用心理分析的方式描绘了愤怒，笔触生动而优美，非常难得。整本书几乎没有使用多余的字眼，有着非常棒的画面视觉冲击力。桑达克的绘图有着风格化的线条和极其清晰的交叉影线，这种德国的插图风格他从小就很欣赏，而稍显褪色的红色、黄色和绿色出自20世纪40年代的纸偶剧场。翻开这本书，我们便进入了一个介于现实与戏剧之间的感官世界。桑达克当然清楚这是哪里。故事里的主人公迈克斯穿着狼皮外套，开始任由"自我"搞出了一个又一个恶作剧，气得妈妈罚他不许吃晚餐，直接上床睡觉。但是，"那天晚上，迈克斯的房间长出了树，长成了一片森林，长到天花板垂下藤蔓，长到四面墙变成野外的世界"。我依然记得当初读到这里，一次次重复着"长到"时，浑身所感受到的一股一股的兴奋劲儿涌出，迈克斯开始跳起舞来。床的四条腿变成了树木和藤蔓，卧室中的每件东西还在原位，却都显现出了植物的轮廓。这是一片由幻想和无意识打造出来的私家森林，迈克斯（坐着私人小船）从这里开始了他的旅程，去和他的愤怒变成的野兽相遇。不过，这也是一种外在的旅行，房间的四壁容纳不下他的偶遇，从而为故事中发生的事渲染出了一种隔绝感，也让他通过"狠狠瞪着野兽黄色的眼睛，一眨也不眨，用魔力把它们驯服"显得真实可信——其实是他上蹿下跳、咕咕咚咚的可怕愿望。因为他学会了获得"野兽闹腾"的能量而不会被吃掉，因此，每当他孤独的时候便会回到卧室，那里毕竟还有做好的晚餐在等着他，故事用"还是热的呢"这么一句话就结束了。但是，当迈克斯与野兽在一起的时候，保护他的并非家人的关爱，而是得到了锤炼的自己。这个故事之所以让人觉得情感真实，其中一个原因是幼童的以自我为中心显然是作者自己的写照。（当被问到自己为什么没有孩子时，桑达克的回答是"不想与别人竞争"。）但《野兽国》不仅仅是符号之间的交流，它涉及了人的行为与心理。最后获得的慰藉来之不易，并非易如探囊取物。

20世纪60年代，《野兽国》首次出版后便被认为很有可能会引发读者的不适感，贝特尔海姆还予以指责过。我父母都是开明的自由主义者，因而我不仅读到了这本书，而且丝毫没有被吓到。我从来没有惧怕过会突然裂成树叶的床架，或者瞪着眼、龇着牙的野兽。我认为故事的最终结局能消除这一切危险。现在我倒希望自己当时能惧怕一些。

The Child that

在我四岁那年一月份的某一天，妹妹住院期间，帮着父母操持家务的那个丹麦学生带着我去森林里散步。她一直在给我读《小熊维尼》里的一章，讲的是小熊维尼和小猪皮杰在雪地里围着灌木林转来转去，想要抓住大臭鼠。小熊维尼总是说"我们去找小猪皮杰吧"！那一天，基尔森林也披上了厚厚的雪衣，路上的积雪厚实而松软，树木一棵棵都光秃秃的，被积雪压弯了腰，像是融化了的蜡烛。我们跨过一道台阶，又穿过一片低矮的冷杉树，走进了森林，身后留下了一串大脚印和一串小脚印。（在E.H.谢泼德的插图中，从身材比例来看，小熊维尼和小猪皮杰走在一起完全就像大人与小孩手牵着手，这种感觉绝非出于偶然。）在那里，趴在一截空心橡树树桩上歇脚的正是小猪皮杰，戴着的红色小围巾与插图中的一模一样。当时还没有迪士尼卡通人物形象制作的那种毛绒玩具，而这只小猪皮杰是她使用灰色和白色的棉布亲手缝制，甚是漂亮。

现在回想起来，我觉得那应该是自己第一次被童话世界所诱惑。**无论是十岁还是十几岁，又或是到了成年，我总希望生活能像故事里的那样五彩斑斓。**我总在寻找一种环境、情境或场景，通过恰如其分地描述来展现出它们的绚丽多彩，如同刻意打造的一般。亲友们都知道我喜欢大声喊出一些对他们来说只会出现在书本中的句子，以制造和渲染出"语不惊人死不休"的效果。我渴望文字能产生一种魔力或磁性，将它们所描绘的事件吸引过来。或许我们在雪地里看到小猪皮杰的那一刻，是我第一次意识到存在这种可能。

不过,四岁的我只能是故事的聆听者,要等到能够独立阅读故事,才可能完全感觉到它的诱惑力。为我们大声讲述故事的那个声音,不仅仅是将故事含义传递给我们的一种声波,它还是陪伴我们体验故事情节的挚友,从而将我们内心激起的情感系于成年人的朗读和小孩子的倾听之间。**听故事是一种社会行为,在倾听的过程中,我们能了解各种社会规则、社会承诺和社会契约。**当阅读需加以防御时,阅读本身就是一种防御。犹太学校的学生总是围着犹太导师坐在一起,共同翻阅那深奥的卡巴拉篇章,这样导师的权威阐释就会浸入阅读,以免学生独自接触到那些生野知识时内心受到巨大冲击。

与此相反,只有当我们自己开始吞吞吐吐地阅读,没有其他声音帮助我们分析人物关系时,我们才能真正感受到故事的挑战力:**你孑然一身,森林里漆黑一片,现在得自食其力了。**

第三章 小岛

公共图书馆是故事所有可能性的容身之所。我希望书籍能带我远走高飞,我想要放飞自我。要听清每本书的召唤,你必须将它捧在手中,将它从其他所有的选择中分离出来,专心致志地聆听它的倾诉。然后,你才能了解到它的故事。

独特的词语

我大约是在六岁生日前后学会阅读的。一次，我正在学校使用绉布绷带和卷筒纸芯制作恐龙，突然感到头昏脑胀，像是有个气筒在往我的脑袋里面打气。我原本光洁的面部隆起了许多肿块，双腿完全不听指挥，无力地晃动着。老师把我扛在肩上送回家，我手里还紧抓着那只绿色与紫色相间的恐龙，上面涂的颜料还未干透。之后事情变得彻底令人抓狂。我得了流行性腮腺炎，接着妹妹、妈妈和爸爸也相继被传染。我们全家人都在与疾病作斗争，直到最后一个人等待好转。那段时间过得十分缓慢，家里静悄悄的，窗帘在白天也都拉着。大人们脸色苍白，行动迟缓。我躺在巨大的床单上，就像掉入了苍穹，那些褶皱就像是一道道峡谷。六岁生日那天，全班同学都来到我家前院，一起为我唱《生日快乐》。那种气氛真让人感到温馨，但我穿着睡衣躲在二楼窗户的窗帘后面，不愿让他们看到我。也许这是我有生以来第一次急于结束人与人之间的接触，希望重新回到书本的世界。刚生病时我还不太会看书，病好后返校时我已完全学会了。《霍比特人》的第一页画了一大堆符号，我只能一个一个破解，然后再迟疑地组合起来。现在，英国的小学有时会让孩子带回家一页"俄文或阿拉伯文"，提醒家长注意孩子还在初学练字的阶段，字迹歪七扭八，像拒人于门外的荆棘篱笆。不过，读到《霍比特人》最后一页时，我眼里的字迹已变得柔和，失去了印刷字体的轮廓，成了一种透明流体——开始像是具有内涵的胶状物，又黏又稠。后来它变得又稀又滑，流动得越来越快，就要赶上我思考的速度，让我无法分辨哪些是它在传递，哪些是我的想法。我加速进入了文字世界，这种体验类似于你所经历的媒介变化。实际上，文字已不再是一种东西或一种物体，而是变成了一种媒介，一种可以洞察世界的物质。

在 / 在一个 / 在一个洞 / 在一个地洞 / 在一个地洞内住着 / 一个地洞内住着一个霍比特人……从那以后，我再也没有停下。

文字能像这样流入心田，其中的奥妙在于它对我们产生的感觉已接近于我们头脑中流淌着的、尚未形成文字的思绪。也许在这些时候，文字就像是利用一种精巧媒介，带领我们回到头脑中最不精巧的运作模式。最不精巧的亦为最神秘的。思维中容易处理的一部分，也正是近似于口语的那部分。利用书面文字展开思考，通过内心表达我们的想法，在头脑中投射出一座剧场。无论是一座小的皮影剧场还是一个灯光四射的舞台，无论是明是暗，我们都会在这里尝试发出各种声音，其中包括我们认为能够代表自己身份的声音，尽管可能不是当我们大声说话时别人听到的那个声音。但是，这正是大脑发出的最高级的语言进程。这个剧场下面源源流淌的是一条思绪之河，它无声无息，也不曾被安排来发言。显然，将它用语言描述出来非常困难。如果我试探性地以浅尝辄止的方式进入那条无言的思绪之河，并试图回想它的感觉，那么那种状态给我的印象是，其中蕴藏着语法的力量——因为当我这样思考时，我肯定是在分析不同意义之间的明确关系，起初通过区分物体和动作来弄清楚这个世界——不过这条思绪之河中没有名词或动词之类的集合，我不去归纳它们，也不去将它们分隔为单词一样的小单元。这样会出现画面吗？会。但我不是在观看幻灯片，这些画面也不是成组连续出现的，有时却又出现一种急速翻滚着的视觉湍流，但并不会形成任何单独画面的轮廓。有时候，一个画面就像是占据了主导地位纹丝不动，任凭一股股无言的思绪横冲直撞。一座山，一个密闭着的箱子，一条锈迹斑斑的铰链。

乔姆斯基学派认为，这个思维层次属于我们语言能力的基本器官，产生于我们自身的身体构造。将类似于名词的属性分配给不可分割的思绪之河的一部分，将类似于动词的属性分配给另一部分，这便是语法的最初形态。人类将思维组织成文字时，无论说的是哪种语言，意义表达的特定规则均拥有相同的结构。我们都拥有相同的语言，其中"语"究其实质只能是一种隐喻。如果我们真的能对书面文字加以处理，让它们与我们内心的语言直接交流，那么文字变得如此强大也就不足为奇了。但是，书本与我们的交流无法达到这个层面。它只是一串长长的符号。当我们进行流畅阅读时，这些符号一个个在我们眼前闪现，就像一格格电影胶片快速通过放映机的镜头那样。这时，它们已不再是单一的符号，而是一种不断流动的持续视觉。书本并不是在与我们交流的另一种思维。它是一种思维模拟软件，而运行平台正是我们的大脑。

为达到这个效果，手捧英文书籍的读者必须高速、精准地完成一个过程——双重翻译。首先，你得将印刷文字转变为声音。字母就是一组随机符号，代表着口语的声音，尽管不是一一对应的关系。字母组合在一起代表的是一个声音单元，即音素，它们的发音由字母组合来决定。看电视时，在你腿上乱挠的动物叫作"猫"，而不是"摩——奥"。不过，小时候大人常会鼓励我们，只当每个字母都有永恒不变的声音特征，以便引领我们进入学习破解这种密码的第一阶段。然后，是第二阶段。口语本身就是一种随机代码，人类嘴唇、喉咙和舌头制造出来的声音（即音素）代表的是分配有语言意义的语法单元（即词素），不过也不是一一对应的关系。阅读时，你先是将书面文字翻译成口头语言，而后将口头语言翻译为具体含义。先将字素变为音素，再将音素变为词素。

这个过程看似复杂，却有助于降低初学门槛。**字母的书写系统其实非常简洁，它使用的符号很少，却能表达所有可能的语言含义。**只要掌握了二三十种不同形状的符号和几个表示不同长度和强度的停顿标点，你便会读英语、阿拉伯语、俄语或印度语。

传统的铅字印刷术中，所有罗马字母——即整个欧洲的文字符号——排在一起也不过一只手掌那么宽：a b c d e f g h i j k l m n o p q r s t u v w x y z。将这些字母转换为计算机的二进制代码，则为一百三十个0和1或者二十六个五位数。它们已成功取代金属活字，成了我们文化中主要的文字记录手段。（尽管事实上在通用的ASCII编码中字母仍然按传统方式代表了二百五十六个八位数中的前二十六个，剩余的用来表示数字、标点符号、数学符号、重音记号和英镑、美元、日元和欧元等货币符号，以及拉丁文中的æ、德文中的β、挪威文中的ø等变体字母。）一个字母储存于大千世界所需的空间极小，这与它对人类记忆空间微小的需求保持了一致。它是一种小巧而离散的系统，与各种教我们如何做事的知识共同寄存在大脑之中，就像吹口哨或骑车一样，我们不费吹灰之力就能将其从记忆中检索出来。但是，代码的简洁会带来另一种负担——认知困难。有证据表明，与中国或日本相比，文字采用字母系统的国家更容易出现严重的儿童诵读困难。中文和日文均为表意文字，阅读时大脑只需进行一次翻译，而非两次。表意文字中，字与字义之间是直接对应关系，字素可直接转化为词素。另一方面，相对于字母引发的内化性困难，中文和日文产生的是一种外化性困难——人们需要记忆三万五千个或更多的字。中国的诗人或法官无论多么博学，总会时不时地遇到没有见过的生字。从某种意义上说，他们一生都在学习如何阅读。而对于使用字母系统的人们来说，除了智障者、中风者或头部严重受伤的人之外，没有哪个识字的人会遇到不认识 b 或 z 的。

所以说，**阅读是画面的一种流动**。当我六岁时，手里捧着黄色封面的精装版《霍比特人》，出现在我脑海里的是一幅幅流动的画面。我跟随比尔博一起来到霍比特人洞穴的洞口，甘道夫使用绿色亮漆涂画的标记吸引来了越来越多的小矮人。我和他一起骑上小矮马，离开了夏尔，离开了草莓酱和煎饼，去寻找恶龙。读完"魔戒"整个系列之后，就会发现这段旅程意味着从纯真而舒坦的小天地进入到了包围着它的广阔而危险的大世界。这一次，这只是离家出走故事的自然进程。比尔博在袋底洞的生活如同现实生活一样，至少也像单身汉所向往的那种生活。在那里，五十岁才刚刚成年，最大的幸福就是手持烟斗，与男性伙伴一起快活。比尔博距离袋底洞越远，就越深地融入到了"冒险世界"（甚至堪称"史诗世界"），直到小矮人们——他们使我隐约想起了《白雪公主》开场时"爱生气""喷嚏精""万事通"滑稽的场面——使用古雅的语言说道："猜得没错，不去夺回宝钻我无法忍受，那可是我们家的财宝。"说这话的是索林，在我看来这毫无违和感。比尔博接着发言，那声音听起来就像他自己一样絮絮叨叨、吹毛求疵、大惊小怪、似有计谋，又干巴巴的，用一个词总结就是——凡夫俗子。"天呐！天呐！这肯定会极其不舒服。"他就是我的通行证，能带我前往那些高山、洞穴以及小矮人在袋底洞时提到的空殿。这就像是这本书对我许下的承诺。我也是一个凡人，如果比尔博能去那儿，我也能。我觉得自己要比托尔金笔下的比尔博更勇敢。"然后他爬到地上，不停地喊道：'被闪电击中了！被闪电击中了！'他喊了一遍又一遍，很长时间他们听到的只有这句话。"因此，当他变得越来越勇敢，直至超过了我自己的时候，我才选择了相信。他勇敢地在黑暗中与咕噜一起解谜，大胆地恭维史矛革，这条恶龙正躺在它积攒的"红光下的泛着红光的金银财宝上"。托尔金描写比尔博时采用的角度，决定了《霍比特人》这个故事的恐怖程度。比尔博能够跑得那么快，因此不会有太可怕的事发生在他身上，就算半兽人放火烧了他躲藏的大树，半兽人还为皮肤龟裂、两眼放光而放声高歌；就算巨鹰抓着小矮人，他抓着小矮人的双腿逃命时，脚下闪动着黑暗中熊熊燃烧的树木的一片火光。

跟随着比尔博，我看到了迷雾山脉的顶峰。幽暗密林围绕着我，这种童话里的森林格外怪异幽暗，蜘蛛也更多。当比尔博爬上一棵大树去侦探地形时，我也冲出了那片森林的自然穹顶，终于摆脱了这几天不见天日的压抑。我看到绿叶之海在随风波荡，蝴蝶披着一身丝绒黑，正在翩翩起舞。现在重读《霍比特人》，我才发现托尔金对细节的刻画甚是入微，但当时却没有给我留下深刻的印象。他的叙述紧凑流畅，带有说书人的风格。几处恰如其分的暗示和几个描写节点的形容词就能在孩子的脑海中绘制出一个幻想世界的网络。他没有在此浪费文墨。我的脑海里浮想联翩。我很幸运，自己结识的第一位作者就能如此清醒、果断地满足读者的想象力。托尔金成功掌握了盎格鲁-撒克逊和维京诗歌的精雕细琢，事物的命名几乎就是一种魔咒，其中的隐喻个个都充满迷惑性。六岁的我并不知道大海曾被称为"鲸鱼之路"，也不知道托尔金笔下的比尔博对史矛革吹嘘说自己是"线索调查高手、蛛网切断高手、真有尖刺的苍蝇"时，这种文笔是否受过文学先驱的影响。他笔下的面包、血、钻石，以及比约恩家里大如拇指的苍蝇，都是那么鲜活生动，就像它们是第一次被创作出来一样。有一点我非常清楚，那就是虽然托尔金的文字充满了权威感，但他偶尔于字里行间描绘的黑白图案顶多是一种暗示，我可以选择接受，也可以断然拒绝。中土世界是何种模样完全是由我决定。当时我认为插图反而会成为一种限制。我的内心无法描绘出比尔博的脸庞，但这无关紧要。他似乎存在于一个不必遵从托尔金描绘的霍比特人特征（圆鼓鼓的肚子、色彩鲜亮的衣服、毛茸茸的双脚、灵巧的手指、和蔼可亲的表情）的故事空间，使其形成一种固化的形象。我感觉比尔博的脸庞就像我的父母和妹妹一样熟悉——即使我闭上双眼，努力让熟悉的面孔重新浮现在眼帘之间的棕色、紫色和黑色空间时，它们也同样不会如约而至。不会，一个故事的自然命运应是视觉皮质中内容丰富但有待解决的漩涡，任何想将其固化的插画师都会使之冒失。

　　那个时候，《霍比特人》中有很多字我还不认识。我的阅读速度要比理解能力快得多。我读这本书的后半部分时可谓一目十行，现在努力回想当时的感觉，那应该是全新语义的流畅感中夹杂着无法理解的词句。我没法理解的部分似乎就是书页中的一个个坑洞。"预言""重新点燃""装饰品"等词汇我从来没有听到过。从来没有人告诉过我要"注视"某样东西，我也不知道"容器"[1]这个词除了指代茶杯、茶碗外，还可以用来表示"船舶"。这些词汇我能读出来，根据发音变换自己的口形。它们在句子中扮演的重要作用我也能感受到，它们显然都是一些特殊词汇，用来描述屠龙或御敌场景，能让人想起号角的阵阵响声。但就我能获得的全部意义而言，即使没有使用这些词汇也无关紧要。<u>当我的阅读速度变得越来越快，整个过程则会变得更加通畅，部分原因在于我已学会如何有效忽略这些词汇。</u>我会巧妙地隔过一大块内容，做上标记，以便随后慢慢咀嚼，潜心寻味其中的含义。这些坑洞在句子中间可大可小，对我而言这毫无关系，因为我所做的只是抓住关键内容。哪怕句子中的坑洞再多也不影响我的理解，因而我阅读的速度变得越来越快。

我能够做到这一点，是因为书面语言是一个极其强大的表述系统，它提供的并不是一道简单的二选一的选择题：要么完全理解，要么完全不理解。即使出现很多错误，这个系统也能容忍，并能让你理解其中的某些含义。1948年，贝尔电话公司的克劳德·香农[2]对电话网络容量进行数理分析时，无意间破解了这背

---

[1] 此处原指英文单词 vessel。
[2] 克劳德·艾尔伍德·香农（1916-2001），美国数学家、信息论创始人，提出了信息熵的概念，为信息论和数字通信奠定了基础。

后的原理。香农编撰的《通信的数学理论》为密码学、混沌学、文学理论和互联网设计做出了巨大贡献。同样，它也可用来分析一个六岁的孩子阅读《霍比特人》这一行为背后的原因。从传输效果的角度来看，一通被线路静电干扰掉三分之一内容的电话、一份被老鼠啃掉三分之一内容的手稿和一页三分之一的内容全都不认识的小说这三者之间，并无区别。无知只是一种噪音。任何一种通信渠道都不可避免地会产生噪音，让香农产生兴趣的是如何测量信息传播过程中的抗噪极限。

香农指出，从某些方面来看，信息在网络中的传递类似于大自然中热量的传导。也就是每一信息单位必须能够相对自由地使用集合中的任一符号，它们可以是数字、摩尔斯电码或字母。假设这里所说的符号集合是字母，而且信息是以英语来传递，那么，字母q后面跟着的必是字母u；字母t后面最有可能出现的是字母h，永远不会是字母x；字母i总会出现在字母e之前，除非字母e之前还有一个字母c。所有这些规则都是英语中的"冗余"表达，说明书面英语的结构并非随意设置，而是严格规定了每个元素的搭配可能性。

香农所称的"冗余"是一个技术术语。他并不是说这些规则对于复杂而微妙的文字表意方式不重要。而是一条信息的结构性越强，其中的个别元素越会显得多余，它们完全可以被略掉，其中能被压缩、编辑和损耗的部分（包括传输损耗，被老鼠啃咬导致的损耗，以及因不认识而产生的损耗）也就越多，但信息所表述的意义仍能被人理解。如果字母 u 总是一成不变地跟在字母 q 之后，它则不会为字母 q 增添任何额外信息，因此将它删除也不会影响整体意义。香农总结道：只要噪音损耗没有超过信息结构的抗噪极限，接收方就能准确无误地理解这些消息。他对书面英语做了一个快捷数据调查，计算出书面英语的冗余占比约为百分之五十。一篇英语读物最多可删除一半内容，才不会严重影响所载信息，才不会让你感到一头雾水而不知所云。对于《霍比特人》中的某一页，你完全可以用修正液遮住一半文字，或让小矮人用斧头猛劈一通，只要不是一劈为二，我就能理解其中的意思。看到"装——饰——品"这个生词时，我的脑海会出现一片空白，但这绝对阻止不了故事情节流入我的内心世界。

我发现自己不认识的字词会形成一种坑洞，但随着理解的加深，它们会像中了魔法一般逐渐填平自己。这并非魔法，而是**因为我已经开始掌握推敲猜测的技巧**——这是与文字结构频繁打交道后的一种收获。猜测词意不仅仅是研究字母和单词前后出现位置的可能性，而是更为庞大的、决定着段落和章节结构的可能性，乃至故事本身的首要规则或元规则[1]，涵盖到了故事的起因、经过和结果。不认识的字词可从前后搭配猜测其意，这些词意与上下文浑然一体，尽管有时错得离谱。

我记得这里还存在一个中间阶段：那些奇奇怪怪的字词还没有一个明确的意义，有的只是一种意义氛围，这是我明确认得的

---

[1] 指决定规则的规则。

字词含义与陌生字词含义之间的一种妥协。文章中的坑洞就这样不断填补着自己，空白之处不断减少，先是被赋予借用而来的意义，然后才拥有了自己真正的含义。但是，这个过程并不类似于伤口结痂，其厚度、颜色、纤维性和有机性都不如结痂。文字或许可以像思维一样流动，但它毕竟是一种构建出来的东西。这部分内容是吸引我的：文字拥有一种有别于肢体、疾病和家庭的刻意的独立性，相当复杂。想象一下，一个由无数片彩色玻璃拼接而成的巨大穹顶中，一些空缺没有安装玻璃。当你凝视着穹顶上的这个空缺，它似乎会发出闪烁的微光，中间部分如同伴随着空气的振动一般弥漫进了右边玻璃的蓝色火欧泊和左边玻璃的柠檬黄火欧泊。它们越积越厚，这个空缺看上去也像被装上了玻璃，且融合了左侧和右侧玻璃的颜色，那或许是一种柠檬绿。

既然我基本上不会拼写生词，书本中致使我困惑的便不再是字词，而是作者提出的人类心灵方面的共识（这些知识从来都不是我的长项），那么我与所有人一样，现在我的生词表里仍有一些字词是那个时代遗留下来的。有些词语的意思我们只是从书本中学到的，因而我们的读音会与众不同。或是，就算我们强迫自己模仿别人的读法，但在内心我们仍会认为自己读的才是正确的。那是自己当初看书时推导出来的读法，没有通过听辩加以纠正，最终形成了一种无法更改的习惯。有一个这样的词语——grimace[1]，你或许以为它的发音是 grimuss，但我知道不是。

---

[1] 意为"鬼脸"。——译者注

它的发音是 grim-ace，以便与 face 押韵。不好意思，也许除了我之外，所有说英语的人都弄错了。

<u>对我来说，这些词语展示出了故事的自治性</u>。故事中，一些你闻所未闻的词语的确存在。它们有着另一种存在。它们同样针对由词语构成的物体发生作用。半兽人藏身于地下，小矮人在树上唱歌，这些都是阅读过程中显而易见的奇幻事物，但这背后还隐藏着一种奇迹，即故事中的文字可随心所欲地操纵万物。它们能操纵事件的发生，每个词都能产生微妙而柔和的音调，从而操控读者的情感。而这不可能发生在现实世界：无论使用多么强烈的语气，仅凭言语说教根本无法让你摆脱心神不安。我总担心，无论自己多么坚定地宣誓善待家人，可灵魂深处总会涌起某种可怕的愤怒和排斥。作者在故事中怎么编排，情节就会怎么发展。正如我在前一章所指出，所有的句子都能讲述一个故事，这或许没错，但只有故事中的句子才拥有特殊的力量。在一个完全由文字构成的世界里，它们的脚步不可阻挡，它们的魔力没有穷尽，它们可以把你带到任何地方。

图书馆是故事的容身之所

公共图书馆是故事所有可能性的容身之所。 基尔大学曾为清洁工提供过免费的公交服务，将他们从各个制陶小镇接送到基尔公园，专门为学校院系的地板上蜡或打扫学生寝室。除了清洁工，每个人都可以乘坐，我大约从七岁开始便独自乘车下山，前往纽卡斯尔安德莱姆的图书馆。巴士开出了基尔公园的大门，脱离了基尔大学狭小校园的视界，校园位于山顶，周围环绕着森林和湖泊，眼前豁然开朗，只见一条长长的山谷中布满了住宅和工厂。山坡下面便是小镇，早晨下着小雨，坡上的牛群不停地嗅着黑莓丛，白嘴鸦在枝间叽叽喳喳。到了晚上，山谷中便会出现星星斑斑的灯火。越过基尔河岸脚下新修的绕城公路，出现在眼前的便是一个个制陶小镇。它们的总面积不亚于一座城市，却没有形成统一的城市中心，排列的方式甚是古怪，五个小镇各有各的商业大街。维多利亚风格的民间建筑也是各领风骚。纽卡斯尔的中心曾是一片红色的砂岩建筑群，却被 19 世纪的工业烟尘熏得焦黑。

在我最初的记忆中，那里还有一个牛市和一个散发着奶酪与咖啡豆香味的宫廷式食品杂货商场，我父母常在那里购买食物。那些食物用蜡纸包装，非常干净。人们给出的钱会被吸入天花板上的气动输送管，商贩找回的零钱则沿着另一根输送管落入烟灰缸大小的圆形铜碟，叮当作响。但等到我能独自前往图书馆的时候，这些市场都已不见了踪影。从一个总觉得时间过得缓慢、能把几个时代划入一年的七岁孩子的角度来看，它们已是年代久远的事物了。对于那个时候的我来说，当前指的就是具有现代感的天文年份——1972年。1969年已属古代历史，1975年则是科幻小说。（我曾在菲斯蒂尼奥格铁路公司的铁路指南中看到过"1975"的字样——那是车站的预计竣工时间，我当时就盯着它看，心里惊奇的是一个尚未到来的时间竟可以被放入一个普通的句子之中，似乎它已变得非常可靠和妥当。）大桥街尽头是一家父亲曾带我去过的印度餐馆，我壮着胆子品尝过印度香饭。我点的饮料送了上来，上面竟漂着一片柠檬，真叫人大开眼界！

对我来说，小镇就像山上的公园一样迷人，唯一的区别是方位不同，和想象中要做的事情不同。很长一段时间内，每当读到以城镇为背景的故事时，我的脑海浮现出的总是纽卡斯尔，正如我会把所有旷野场景想象为基尔森林一样。纽卡斯尔被我想象成了伦敦、巴黎，加上几根殿柱便是罗马，屋顶添上几个尖檐便是中国。后来当我读到《枪打反舌鸟》时，它又成了美国的南方腹地。"梅科姆是个古老的市镇。"哈珀·李写道，"我刚刚了解它时，

The Child that

它已经破旧不堪了。"[1] 我在想象中升高了纽卡斯尔的温度，降低了它的屋顶轮廓线。我把梅科姆镇的监狱设在了市政厅旁边的骑楼里，那里经常售卖奶油点心。斯各特·芬奇和杰姆·芬奇的住所是伍尔沃斯商店，布·拉德利的家则在相隔数门远的理发店，其正面带有一个连廊，地面的石缝中已经长出枯草。

崭新的图书馆坐落在铁器市场尽头，为混凝土加玻璃砖结构。后面的公园紧挨着绕城公路，园中的玫瑰枝条被修剪成了纤细的花束。透过图书馆的窗户，你可以看到一块软木公告板上钉着一些驾照考试指南，还有一张已提前贴好的海报，鼓励你在1973年植下一棵树。如果想去到儿童图书区，进门之后要先向左急转，然后下楼梯进入狭长的地下室，里面的荧光灯泛出了蓝白色的光芒。问询台设在最远处，紧挨着地面层放着图画书和供小孩们坐的彩凳。走出去时，你还能看到两三排平装书，像超市收银台为冲动型消费者准备的巧克力那样诱惑着你。不过在那时，图书馆的预算理所当然是用于购买精装书，平装本按理说是供个人购买的。图书馆真正的宝藏是琳琅满目的精装版儿童文学，它们全被摆在U形金属书架上，占满了整堵右手边的那面墙。每本书都套着防尘封皮，封皮采用厚塑料制成，防水、防指纹、防污渍。书脊上全都贴着黄色的杜威十进制图书分类编码。**我小心翼翼地靠上前去，准确地说心里充**

---

[1] 译文引自《枪打反舌鸟》，江苏人民出版社，1983年8月。根据作品改编的电影译作《杀死一只知更鸟》。——译者注

满的不是一种敬畏，而是一种感激：这里的财富不仅浩瀚，而且井然有序。我也很清楚，一旦选定借阅的四本书后，图书馆中这么多的选择机会会立刻缩减为手中的寥寥数本。这个图书"市场"如此巨大和自由，我实在不愿匆忙离开。

几十年来，对于英美两国有阅读爱好的孩子来说，去图书馆已成为一种惯例。我能从兰德尔·贾雷尔1944年创作的匹兹堡卡内基图书馆石顶下闷燃的世界中，寻觅到自己的过去。打开书，跃然纸上的是：

……一个让孩子思考人生的世界；
他怀着希望，缓缓走出了自己的世界。

我也能从雷·布拉德伯里的文字里有关图书馆中驯服的设备——以及和蔼可亲的女图书馆员和井然有序的金属日期印章——与所容纳的野性之间的销魂对比中，寻觅到自己的过去。他在《暗夜嘉年华》中这么写道：

图书馆正在静悄悄地等待他们。

外面的世界波澜不惊，但在这里，在这个特殊的夜晚，在这个堆满了纸张和皮革的地方，一切都有可能发生，始终如此。你听！成千上万的人正在高声呼喊，但只有小狗才能觉察到。成百万的人正在来回奔走，运送火炮，擦拭着断头台；中国人四个一排，正在不停地向前进。的确，这一切都看不见、听不到，但吉姆和威尔却是那么非同寻常，耳朵、鼻子和舌头都极具天赋。这是一座设在远郊的香料工厂。这是一片充满异域风情的荒漠。最前面摆放着一张桌子，慈祥的老太太维屈斯会在那里为图书盖上紫色图章，但这一边出现的是中国西藏、南极洲、刚果……

　　但是布拉德伯里的写作方式似乎是故事自己从图书馆的图书封面里蹦出来的。我从来没有这种感觉。对我来说，你必须去跟踪、去抽样、去权衡、去测量、去嗅闻、去品尝，结果却常会筛选掉。这里存在如此多的选择，每本书都会发出不同的邀请——这种邀请如果伴有声音，很可能会混成一种无休无止的喃喃自语。**<u>要听清每本书的召唤，你必须将它捧在手中，将它从其他所有的选择中分离出来，专心致志地聆听它的倾诉。然后，你才能了解到它的故事。</u>**成为一名罗马士兵吧，罗斯玛丽·萨克利夫的一本书召唤道。成为乔治王朝时代的一个伦敦小顽童吧，利昂·加菲尔德的一本书建议道。成为"任何时候——而不是某个时候——都感到百无聊赖的"米罗吧，驾车驶过紫色的收费站，向"塞外之地"驶去。尝一尝药房橱窗上一个大瓶子里装的红色液体吧，这样你就能听懂猫咪说话。来到魔法世界吧，来到令人恐惧的魔法世界吧，你可以尽情施展魔法，却又要当心被别人发现你会隐身或从大人眼皮底下飞走的秘密。成为尼罗河畔的一个埃及孩童吧，成为沃特希普荒原上的一只兔子吧，成为中世纪城堡中的一位弃儿吧，他是如此孤独，以至于从书里都能感受到他的疼痛。成为伦敦一个顽玩童吧，你可以在柳兰和马鞭草包围着的爆炸后的废墟上玩耍，这一切距离1972年也不过十五个年头，却显得如此久远。成为一位国王吧，成为一位奴隶吧，成为比格斯吧。所有这一切尽在图书馆地下室，只要你捧起书本，哄骗它们尽情演绎——这里来不及细述的当然更多。右手边的那堵墙顶多只放有五六个书架，却是阅之不竭的故事王国。

千变万化的情节与不同的世界

书中的情节可以千变万化，这种变化多端超过了世界上任何一类冠以同一称谓的事物。一方面，它们给我注入了互不相容又无法比较的种种情感。比如，亚瑟·兰瑟姆的"燕子号与亚马逊号"系列，不仅让我对亚马逊号的船长南希·布莱凯特产生了巨大好感，而且还总会让我想起我的表兄弟们。他们一大家人都生活在剑桥郡，总喜欢在沼泽地的河道里划独木舟，在我看来，他们就像兰瑟姆笔下在温德米尔湖泛舟的那群孩童。那十本"燕子号与亚马逊号"系列图书既雕琢了田园风光，又讲述了如何使用信号标识，如何勘探和炼金，展示给我的是一种全新人生，与我那乏味空洞、病魔缠身的四口之家截然不同。故事里的兄弟姐妹个个健壮，四处玩乐。这些冒险家的父母站在码头与他们挥手道别，脸上没有丝毫不安。故事情节与我想象中的表兄弟们的生活混杂在一起。读着兰瑟姆写的故事，我可以想象自己生活在另一个大家庭中，而又不必担心自己对家人的歉疚。那种生活存在于姑父、姑妈家里，他们的车库里停放着一艘小艇，一到用餐时间餐桌就会摆上大锅炖肉和土豆块，而不是我家那些充满伊丽莎白·大卫风格的意式煨饭和意面。

但另一方面，伊恩·西雷利尔的《银剑》却能让我重新回归家庭的安全与温馨。我希望《银剑》中那个名字叫简的主人公——那个在华沙废墟中艰难生存的孤儿能比我年长一些，那样就不会有人指望我去独自面对一个危险的世界。后来，当我揣着一份父亲写的字迹清晰的乘车说明，独自在伦敦换乘火车时，我便对那种无依无靠的生活有了直接的感受。当我手里攥着那张纸，乘坐电梯从地铁站台上到宽阔无边、阴风阵阵、一片灰暗的火车站时，我心头突然浮起一个念头：如果我没有这张乘车说明，回不了家会怎么样？如果我根本无家可归会怎么样？如果我迷失在了陌生人群当中，再也无法回来会怎么样？精装版儿童文学浩如烟海，上面所提到的两本书只不过是沧海一粟。当我选好图书，从图书馆出来，经过铁器市场再次来到公交车站的时候，我知道自己胳膊下夹着的可以是喜怒哀乐，也可以是如痴如醉。

希望，那些能够隐晦地描写出另外一些世界，借用文字的力量天马行空，通过文字探视各种虚构空间的图书是我的最爱。我从书本读到的"不希望"，是那些能从周围看到的东西，即或是它感知、理解和表达的角度我永远无法企及。我想要见到的是生活中从未见过的东西。**我希望书籍能带我远走高飞，这是我最大的愿望。我想要放飞自我，而有这种想法的也并非我一人**。托尔金认为，提供一种现实替代品是语言的一个主要属性。他在《论童话》中写到，人类从创造出形容词的那一刻起，便获得了一种创建替代现实的神力。

想到轻、重、灰、黄、静、动等形容词的头脑，也孕育出了让重物轻飘飘地飞起、将灰铅化作黄金、将静石变为动水的魔法。头脑能完成前一件事情，也必能完成后一件事情，结果是毋庸置疑地完成了两件事情。当我们能从草地归纳出绿色，从苍天归纳出蓝色，从血液归纳出红色，我们便在一定程度上拥有了魔法师的力量，去我们头脑之外的世界运用这种力量的欲望便被唤醒。

他认为，任何人都可利用"人类语言这种奇妙工具"铸造出新的想象，比如，绿太阳。但是，绿太阳并无实际价值，除非它被赋予可供自己升起的天空，并拥有与真实天空中的黄太阳一样的自然主宰地位。除了天空，你还得造出地球，有了地球，还得造出能够随着季节变换开花结果的树木，造出居住者及其思维习惯、说话方式、生活风俗和日常服饰，甚至是劳作与思考所能带来的琐碎事务。要维持一个能让绿太阳变得真实可信的世界，需要一种"精灵般的技艺"，一种"最基本、最有效的编故事能力"。事实上，托尔金认为幻想是最高形式的艺术创作，比仅仅写照现实男女的要求更高。他希望创作故事时也能放飞自我，从而将内心观察到的一切和从外涉猎到的一切全部融入故事。

但是我知道，完全发生在另一个世界的故事，与从这个世界的日常生活走入另一个世界的故事之间存在着根本性区分。我所喜爱的书籍中有些属于第一类。这其中当然包括托尔金：八岁时，我第一次读完了《魔戒》。我跳过了故事中梅里和皮平在刚铎的冒险经历，直接回到了山姆、弗罗多和魔戒构建的故事主线。他们的旅程完全符合我对故事的定义。魔多的地貌逐渐在我脑海中成型：到处都是荒凉破败，坑坑洼洼，末日火山冒出的浓烟遮天蔽日，被一团火焰染上了金边，那火焰就像电视中北海钻井平台上的光亮一样。狰狞而怪异的半兽人像是穿着皮质盔甲，在战场上走来走去。弗罗多和山姆在其间俯着身子钻来钻去，相对于犹如地狱般的宏大背景来说，霍比特人骑士和霍比特人领主的绝望已显得微不足道。他们唯一的希望是能变得更为渺小，从而避开强大敌人的注意力。他们后面是咕噜拖着沉重的脚步，始终紧紧地跟随。出于某种原因，我把咕噜想象成了一条会直立行走的绿色小鳄鱼，头上长着一对托尔金所描绘的灰色灯笼眼。我整整花了三天时间才读完《魔戒》，如痴如醉。那本书是我父亲的，是旧精装本，护封上索伦的眼睛放着红光，似乎是在盯着我看。每次大人喊我吃饭，我都会小心翼翼地将封面朝下放好，然后才极不情愿地离去。

后来，我又读到并喜爱上了厄休拉·勒古恩[1]的"地海传奇"系列小说。它们给我的感觉与《魔戒》截然不同，那些明亮的

---

[1] 厄休拉·勒古恩（1929-2018），美国重要的奇幻科幻大师，与J.R.R.托尔金、C.S.刘易斯并称为"奇幻小说三大家"，一生获奖无数，代表作"地海传奇"六部曲。

The Child that

岛屿聚在一起就像是传说中的天涯海角，守护岛屿的巫师如同确保阴阳平衡一样协调着光明与黑暗。"地海传奇"系列与托尔金的著作的共同之处，是故事中的幻想世界会在一种整体连贯性的驱动下逐渐呈现，环环相扣，给人一种真实之感。整体连贯性对于幻想世界非常重要，就像我们现实世界的物理法则。《地海传奇》中的魔法并非咒语，却能赋予知道事物真实名称者极大的能力，这种设计简单而令人叫绝。我只看了开篇之作《地海巫师》的前几页，发现勒古恩总能遵守自己立下的规矩，便立刻对她笔下的整个世界架构产生了信赖。不过，对于其作品所传递的信息，我不愿苟同。巫术学徒格得撬开黑夜之门，放出了代表另一个他的黑影，一种人性黑暗面的荣格情结。黑影紧追不放，直到他转过身来，叫出了黑影的真实名字——即他自己的名字，黑影随后进入了他的体内，那也是它真正的归宿。但是，我坚持认为那个可怕的黑影与格得并非同一人，令我百思不得其解的是在故事结尾，当黑影进入他体内后，格得并没有发生什么变化。这本书认为你无法逃脱自己，对于此我无法接受。我进入故事的世界，不是为了让作者提醒我对于自己的愤怒与残暴，非得你与它们合体并一同前行，否则它们便会沿着漆黑的道路一路追赶，挑衅着你，直至你回头。

相比之下，最让我爱不释手的是第二类书籍——它们源自这个世界，然后会将你带入另一个世界。地海与中土世界均是与现实隔绝之地。读着勒古恩或者托尔金的著作，跟随着幻想游走在那些世界，但它们与真实世界并无关联。那里的精彩纷呈无论如何都不会让你想起现实中的你。它与现实世界之间并不存在一个当你特别走运或被特别眷顾才能找到的通路。而我希望存在这样一个通道：穿过它，我便能摆脱事实与事件的束缚，从锈迹斑斑的现实世界进入故事中的自由世界。我希望能有这些门。如果你能在故事中发现一扇装着铰链的平凡世界之门，推开它，发现墙后竟有东西闪烁着金色与蓝色光芒，而且你还能穿过这道门。顷刻间，你在现实世界已做出的决定和选择，已经发生的既定事实都会重新回到未决状态：所有的可能性获得重生，因为没有人知道那个世界将会发生什么。

而且，这道门一旦打开，也就会永不关闭。这时，便会出现一种融合。这个世界的现实色彩将会进入另一个世界，故事中平凡的小主人公们——我的代表和使节——穿着短裤和运动衫站在金丝华服中间，嘴里喊着"天啊！""别吹牛了！"，周围人说的却是高贵的幻想语言。当这个世界也发生微妙变化时，你的周遭会因知道了"天外有天"而有所改变。伊迪丝·内斯比特通过《护身符的故事》以及其他魔幻系列开创了这种混合世界，而《寻宝人的故事》及其续集中巴斯特布尔孩童的探险故事属于一种纯粹的现实主义喜剧，相比之下，我更喜欢前者。有一天，天色阴沉，肯特镇上的罗伯特、安西娅、简和休穿过魔法拱门，登上了蓝天。而最近一位描述混合世界的大师要当菲利浦·普尔曼莫属。在"黑质"三部曲的《黄金罗盘》中，莱拉和她的精灵朝着一片未知的北极光而去；在《魔法神刀》中，一扇可通往另一个空间的窗户飘浮在牛津郊外的天空中；终结篇《琥珀望远镜》中，一个破烂不堪、垃圾遍地的港口小镇坐落在一个黑湖旁边，令人惊诧的是，通过它便可进入永远充满悲伤的地府之国。

　　读着一个个故事，我经由各式各样的大门和通道进入了一个又一个别样的世界，这些门和通道也可以是某种采用隐喻手法描写的门槛：八月的玉米地里，燃烧着的秸秆散出了一道烟雾，或是曼彻斯特贫民区里的一座废旧礼堂。这类书看了一段时间之后，我渐渐喜欢上了那种无比微妙的、就连故事主人公也感受不到发生时间的场景过渡。戴安娜·韦恩·琼斯的《卢克的七天》中，十一岁的主人公大卫坐着"婚礼先生"（奥丁的化身）的白色豪华轿车去瓦尔哈拉用午餐，路过了一座漂亮但无特别之处的彩虹桥，这座桥似乎与西米德兰兹郡的公路连接在一起。对于这种使用现代化设施来伪装两个世界之间通道的构思，我非常喜欢。高速公路两侧用来标注伦敦剩余距离的绿白标牌，会忽然显示出到达格拉玛丽或洛格里斯的距离。但是，我对书的忠诚始终不会改变。我最喜欢的书会带领我或钻过衣柜，或涉过沉睡森林中的浅水塘，或穿过画框里的一幅画，或在雨天跨过寄宿学校花园墙壁上的一扇门，最终都会来到纳尼亚。其他那些幻想国度也会引起我的兴趣，让我着迷和浮想联翩，但纳尼亚让我感觉像是手中握着一根通电的电线，而不是捧着一本书，阵阵颤动和电闪穿过了我的神经。它能在我的身体上施加影响。在纳尼亚，C.S.刘易斯发明的东西超乎了我的想象，满足了我的渴望，为我的渴望赋予了形态。他就像我肚子里的蛔虫，能猜出哪些东西会让我爱不释手。这套书落入我的视野之后，便成了我表达渴望的工具。于是，从我初次结识《狮子、女巫和魔衣柜》一直到十一二岁，七本"纳尼亚传奇"便成了我心目中的圣典。它们就像柏拉图经典之作，令其他书相形见绌。大约有四五年的时间，我常逼迫自己去看别的书，那是因为我不能一遍又一遍地只读这几本"纳尼亚传奇"。我的阅读习惯是一天一本书，而"纳尼亚传奇"系列只有七本可读。不过，即使在看别的书，我也会从中搜寻纳尼亚的灵感痕迹，哪怕只有星星斑斑。这正所谓：一旦入心，永不忘记。

刘易斯的文学思想与哲学

1949年,刘易斯在为幻想文学辩护时写道:"让我们……想象一个跨越边界的世界。"同年,他完成了《狮子、女巫和魔衣柜》的创作。这是他第一次尝试儿童文学,尽管这种文学形式对他来说比较生疏,但到那时为止,他已践行这样一种理念多年:**平凡生活的边界或许可以跨越。**

哲学让刘易斯明白了边界的含义,而在最初他并不相信世界通道的存在。作为曾在牛津大学读书的一位无神论者,他支持的是始于启蒙运动时期的休谟和康德的著作所孕育出的批判性思维学派。就传统而言,哲学试图探寻的是有关自由、真理、人性、神性等终极问题的答案。另一方面,这是一个将形而上学花饰层层剥离的过程——以前的哲学在寻找答案的过程中,为人类经验裹上的一层层花饰。在牛津,批判性哲学最近又在伯特兰·罗素和年轻的维特根斯坦的逻辑实证主义中得到振兴。批判主义哲学家关注的重点和做出的诠释各不相同,但他们画出的宇宙地图是一整张纯粹而朴素的白板。在这里,我们必须使用哲学的眼光去观察。虽然直接体验到的人生过程是这张地图的中心,但他们主张使用抽象的方法来思考人生，我们从对个人生活及其差异的好奇得来的独特色彩渲染概不能有。因此，抛弃那些奇闻轶事吧，让逻辑取代那些传记。你的头脑也将变成一张白纸。

现在，想象一个圆圈，圆圈之内是感官经验的地域：我们所能触摸、看见、品尝、听到或闻过的一切，它们都是感觉器官收获的经验。这里面不仅包括最初的感觉，而且还有在此基础上积累的所有事实知识，以及所有与我们作为人体存在于世有关的感觉和推断，总之就是包含一切的一切。这个圆圈之外是形而上学的地域，即所有无法使用我们的感觉数据进行逻辑验证的概念范畴。这里出现的不是龙，而是诸如神、永恒、完美等之类的意念假设，这些事物的意义并非我们所设定，而是人类行为的终极目标。且不论圆圈之外的概念根据一般的字面意义而言是不是毫无意义（哲学家认为它们具有意义），仅从圆圈之内的标准来判断它们当然是毫无意义的。康德认为，哲学的目的在于提醒我们不要使用从事实经验获得的知识方法，去评判那些超越经验的不明事物。我们不应将神当作世界上的一个人，我们不应将天堂当作另一个我们已经熟知的那类地方。在康德看来，对于圆圈之外的地域来说，哲学的唯一功能是能为我们提供一种可供凝视的假想参考点。比如，"完美"这个概念就像一颗恒星，虽然无法企及，却能为我们指明前进的方向；不然的话，那里只是一片虚空。维特根斯坦在1921年出版的《逻辑哲学论》中谈得更深入。对他来说，语言止步于圆圈边界，所以能够使用它来表述各种形式的存在。对于"走到圈外"这件事情,哪怕说一说都已不具任何意义,更别说去付诸行动。根本没有"圈外"。边界线就是宇宙的弧形边缘,并不存在另一边。我们只能在一种深奥莫测的神秘背景下讨论人类的存在。

刘易斯也提到过这张"地图",但对这个理论他并非真心欣赏。他的想象与此相悖,或许他的想象需要与此相悖。据称,这位常与人争论不休的辩证学家认为"似乎柏拉图百无一是"。刘易斯曾是西部战线的一名年轻军官。在此之前,他生活在北爱尔兰,做事情自信而专注,不喜欢与别人家的孩子交朋友,总爱指教自己的哥哥玩游戏,却缺少耐心。九岁那年,他的母亲患癌症去世,父亲伤心欲绝,只能从两个儿子那里寻求精神慰藉。但对于两个孩子来说,这似乎是要他们放弃所有的心理防线,因此面对父亲的这种渴求不断退缩。自那以后,刘易斯便认为从茫茫世间寻找依托似乎并不安全——毕竟,他昔日的依靠在一瞬间被痛苦地夺走。从那以后,对刘易斯来说,精神食粮只能从天涯海角来寻觅,就像是在追寻彩虹的尽头。

刘易斯是个浪漫主义者。虽然批判哲学所具有的那种知识热情——就像拿着钢丝球,反复擦拭先前哲学体系中的顽固污渍——也会对他产生触动,但他追寻的那道美丽风景绝非地图上的圆圈那么刻板和无趣。地图上的世界轮廓被简化成了寥寥几根几何线条,没有装饰,也没有厚重的情感。维特根斯坦在维也纳设计了一座房屋,用白色混凝土建成。在空荡荡的房间内,他坐在一把躺椅上，任由思绪飞扬。对于这种"审美绝食疗法"，刘易斯肯定无法接受。正如他后来所言，他更喜欢"那种难以名状的东西，对它的欲望如同利剑一般刺穿我们对于篝火的味道和野鸭飞过头顶的声音，还有《天涯海角泉》这样的标题，《忽必烈汗》的头一句，夏末早晨的蜘蛛网……"这些出自他1943年出版的寓言小说《朝圣归来》的序言部分，在同文中他还分析了那种"强烈的渴望"——这是他儿时对于远山的感受，青少年时对于虚幻爱情和玄学的感受，以及他走上学者之路后对于知识精通的感受。"但所有这些印象都不正确……将这些作为欲望的对象其实都不恰当。"当他竭力想从这些东西中发掘出自己的渴望之感时，它已悄然溜走。"因此，我认为在我们当前的主观与时空存在模式中，如果一个人不懈地追逐欲望……他最终会恍然大悟，懂得人类灵魂对享受的追求是永远也无法彻底满足的……"但如果那张地图没有错，我们也就根本没有其他的存在方式可供选择。如果世界注定会终结于一堵墙，那蓬莱仙境又该去何方寻觅？

在思考的过程中，刘易斯获得了诸多启迪，其中一个便是感官经验的边界，现在看来可以穿越。他由此为自己的渴望找到了一个巨大的对象，那幅地图也发生了变化。地图的拓扑结构还是一样，还是有一个圆圈，还是将空间分为两个地域，一个在内，一个在外。但是，圆圈之外的那个代表着形而上学的虚空空间，现在却代表着一种圈内世界可以去梦想和期盼的充实。圆圈之外的一切都更加丰富、坚固和真实。刘易斯写道："如果我们必须使用一幅脑海中的图画来代表精神，则必须体现出它比物质更重的本性。"他以前认为柏拉图百无一是，视人生只不过是真实物体在别处投射出来的一场皮影戏，现在却觉得柏拉图的观点几乎都是对的。（"纳尼亚传奇"系列最后一部《最后一战》中，迪哥里在故事结尾时说："这意思都写在柏拉图的书里了，都写在柏拉图的书里了。我的天哪，他们在那些学校里教些什么呀！"）对于我们在圆圈之内看到的东西，如果我们走上前去，将它握在手里都无法获得满足感，那只能是因为它只是真实物体的一个虚幻幽灵，我们终有一日会在圆圈之外发现这个物体。

这个道理不仅适用于精神内容和难以琢磨的感觉，而且对于整个物质世界来说也没错。作为一个尘世凡人，刘易斯总会从世俗或可称作"超世俗"的角度去想象天堂。天堂不仅是一个能让我们邂逅永垂不朽的爱情、观赏真正璀璨星辰的地方（相比之下，我们所熟悉的星星是那么黯淡，就像一只只伤心的萤火虫）。天堂里有永远也吃不完的香肠，与我们在世俗世界中相比更美味。它们的颜色更浓、更饱满、更美味。那里还有喝不完的啤酒、抽不完的香烟，以及所有刘易斯喜欢的东西。在这个地方，人的感受能被无限放大，达到极致。在这个地方，当你做了济慈式的事情，将一颗快乐的葡萄挤入口中，这时你会感到一颗真正的葡萄手榴弹在口中炸裂，将淡绿色果肉全部的清爽和酸甜传送至身体的每一根神经。

当然，我们凡夫俗子一定难以承受如此强烈的爽快之感。我们伸手碰触一下完美，必会受伤。在《天渊之别》中，刘易斯让原本生活在地狱的悲伤游魂进行了一次天堂之游，他们发现脚下的草丛犹如钻石的棱角一般锋利。刘易斯认为，任何罪恶行为都不可能给罪人带来实质性好处，这一点不言而喻。你可能会受到诱惑，以为犯罪能给你带来一种满溢而完整的快乐，但在最终屈服于诱惑的那一刻，你会发现自己得到的不过是一种平淡、空洞的感觉。索多玛的苹果充满诱惑，尝起来却味如灰烬。之所以这样，是因为罪恶是对于"正当"快乐的一种拙劣模仿或倒行逆施。因此，刘易斯解释道，如果你能在今生抵制住罪恶的诱惑，才会在来世真真切切、源源不断地享受到它们现在向你炫耀的一切快乐。

  星辰、香肠、钻石，刘易斯的"地图"已无法与批判主义哲学家的保持一致。它不再是那种极简和单色模式，而是"金色、蓝色和猩红色"喷薄而出，就像《黎明踏浪号》中，当露西念出咒语"隐形的全部现身"时，魔法师咒语全书中的一页那样，它有了灵性。鲜嫩的细蔓冒了出来，密密麻麻地缠绕在它的周围，就像中世纪著作典籍边缘挂着的装饰性葡萄藤蔓一样。"书页"便是由此得名，这个词在拉丁语中有"葡萄园"之意。抽象逐渐变得具体。原来的几何图形变成了现在的鲜艳图案，那么，代表我们今生的那个朴实无华的圆圈又变成了什么？这里可借助于一些比喻。人们从洪荒时代便开始使用这些古老而有力的比喻。那个时候人们认为，生命被永恒所包围，自我被他人所包围，意识被无意识所包围，一个空间被另一个空间所包围。刘易斯可能已经将那个圆圈视作巨型森林中的一片空地，这片森林永远存在于我们的想象之中，即使已无法从英国郊野觅到它的踪影。两个空间的边界就该是森林的边缘，我们走出空地，便会进入森林的绿荫之中。

但这样一来，天堂就会变成一座密林。尽管刘易斯发现天堂比我们这个世界更强大、更富有、更厚重，却没有想到一种更厚实、阻力更大的介质。与此相反，他将天堂看作是一个畅通之地，存在的万物更自由、更液态化，我们所有的快乐都会像海豚一样游弋其中。典籍中对于流水的描述，他总会表现得激情昂扬。"有好消息从远方传来，就如拿凉水给口渴的人喝。""我要切切地寻求你，在干旱疲乏无水之地，我渴望你，我的心切慕你。""我要将生命泉的水白白赐给那口渴的人喝。"针对康德的脱离感官经验进行自我审视策略，他自己提出的方法显得更加"水性"，像是在邀请别人通过品尝"当今世界之外的纯水"来探究人生。因此，在刘易斯审视批判主义哲学家的空白圆圈时，大多数时候他眼前呈现的是一个绿色和棕色斑点，边缘的颜色会淡化成一种沙地般的苍白，周围则是无边无际的蓝色海洋。圆圈变成了一个小岛。或许它一度曾是人类的囚牢，但神"硬是把那扇自从第一个人类死去便一直关着的门给打开了"。现在，它的边界已变得像海滩一样开阔，海鸥在空中盘旋，风儿轻拂着沙丘上的枯草。圆圈变成了一个小岛，涌出的银色潮水抚平了小海湾，只是为了提醒你：即使你身处内陆，一身干爽，远离海滨，地平线之外也总有东西在召唤你。

　　设想一下你回应了这种召唤。你从湿漉漉的沙滩迈出第一步，走进那正在不断拍打着海滩的浪花，裸露的肌肤被夏日的暖风尽情地抚摸着。双腿没入水中，海水的清爽如约而至。步入两三英尺深的海水后，双腿还会感觉到一股阻力。涌上来的一排波浪平整而光滑，就像一块绿色的玻璃。波浪在阳光的照射下闪烁着，白色的水沫随波逐流。你欣然张开双臂，纵身其中，伴随着令人满足的冲击感从一种介质进入了另一种介质。绿色的世界逐渐变蓝，涌动的水沫掠过你的视线，缠绵的水流拥在胸前。你将头从两排浪花之间伸了出来，沐浴着阳光奋力向开阔的海面游去。过了防波堤，虽然双腿已无法触及海床，但你丝毫没有感到畏惧，因为身处海洋之中，你游得越奋力，体能就变得越强壮；游得越远，你的状态就越好。你会感到海水对自己的拥抱越来越投入，不过此刻的你仍然没有心满意足。喜悦川流不息，快乐接连而至，让人应接不暇。你从来没有想过人生竟然还有这种体验。你从来没有如此真切地感受过自己的存在，各种感觉变得极其丰富和明晰，完全不会产生混淆。你感到无比的通畅和清醒，被冲洗得干干净净，再也没有任何隐藏起来的秘密。现在，内心的欲望已与思想、爱和正义完全平等。你曾经历过的美好时刻瞬间膨胀了十倍、百倍、千倍。欢迎来到狂喜世界。

　　刘易斯总在捕捉那种狂喜的状态。对于自己所幻想的天堂般的感觉，他创作时总能找到瞬间的比喻灵感。

1947年《神迹》出版后，刘易斯和哲学家伊丽莎白·安斯康姆在共同参加牛津学会——"苏格拉底俱乐部"组织的一场论坛时，就其核心论点展开了激烈辩论。按照刘易斯传记作家A.N.威尔逊的说法，这个论坛本是刘易斯的主场，他通常会针对到访的无神论者展开猛烈的逻辑批判，赢得牛津大学福音派学生的阵阵喝彩。不幸的是，年仅二十八岁的安斯康姆并非一位天真的无神论者，她的思维极其缜密。这一次刘易斯成了被批判者。这场失败的辩论结果究竟对刘易斯造成了多深的情感伤害，各方说法不一。安斯康姆本人并不记得刘易斯有多么难过，但刘易斯的一些朋友说这段经历等同于将他押到了"十字架底下"。威尔逊打趣地说，刘易斯的信仰与学识被一位强悍的女性当众批驳得体无完肤，这让他觉得就像在玩"扮假游戏"时被当场识破一样。这或许重新唤醒了他早年因为母亲离世而产生的愤怒和恐惧。不过，这是一场关于理性的辩论，这一点毋庸置疑。

刘易斯认为，世界上存在的理性不能被解释为一种自然过程。他指出，如果某个醉鬼声称有个房间爬满了蛇，我们肯定不会相信。鉴于醉鬼的身体状况，我们会认为这种推论存在缺陷，因此不能成立。只有当我们能够确定理性没有受到非理性因素（比如血液中含有大量的酒精）影响时，所述理性才切实有效。受到身体因素影响的理性根本不能被称为"理性"。**因此，真正的理性并不会出自我们的身体，而是一种界外的馈赠**。因此，存在一个超越自然的可以提供这类礼物的世界。证明完毕。

"这是谬论。"安斯康姆说道。刘易斯的观点误解了自然世界提供理性思考的原因所在。即使人们发现了一些极其微妙和精细的因果关系,能够解释人们头脑中每一种想法的相互作用,这仍"无法表明一个人的理性不归自己所有,因为他对理性的解释并不是在给出一种随意的说明。"换句话说,他不会告诉你某个信仰如何在头脑中形成,所说的只是自己为什么会相信它。这里存在两种不同的"原因",分别对应的是一个信仰"如何"产生和"为何"产生这两个问题。但是,刘易斯将两者混为一谈,使我们思想中的每一个世俗因素变得像脑瘤一样恶毒,直接摧毁了理性。"人类思想是一系列自然原因的产物"的观点完全可以成立,且不会因逻辑标准而变得无效。因此,理性的存在本身并无法证明除了自然之外其他任何东西的存在。证明完毕。

就证据而言,维特根斯坦在《逻辑哲学论》中主张的"谦卑的沉默"仍然适用。不可言,则不言。可是,刘易斯却在慌忙回应安斯康姆时将自己对原因的看法描述为"神奇",又在"苏格拉底俱乐部"舌战之后采取了不同的切入点。随着理性证明的消失,他只能通过故事来支撑那个圆圈之外的世界。他重新拾起和扩充了早在1940年就已动笔的一份底稿,讲述了雪林之中小女孩与农牧神的故事。但凡"不可言"的,我们就必须借助于儿童文学。

纳尼亚当然不是天堂,它更像一座想象中的岛屿——距离我

们非常遥远,渴望在那里会暂时平息下来。在现实世界梦寐以求的事物,到了纳尼亚可能会变成现实。作为刘易斯的朋友,托尔金认为尽管自己小时候也曾"极其渴望遇到龙"(引自他的《论童话》),但这完全不合情理。纳尼亚并不像中土世界那样是按第一原则来创建,它缺乏严谨的前后一致性,通过一种"亚创造"来证明绿太阳存在的必要性。与此相反,这里随心所欲地混杂了曾给刘易斯带来快乐的一切东西。

纳尼亚传奇

在儿时读《狮子、女巫和魔衣柜》时，我就已经完全意识到它是不同类型故事的大杂烩。女巫是童话里的反派角色，就像冰雪女王一样，只不过当她在雪地滴下一滴会嘶嘶作响的液体时，变出来的糖衣炮弹是土耳其软糖。森林里有会说话的松鼠，就像《小松鼠纳特金的故事》中的一样，但也有人马兽、树精和森林女神。当女巫施的"永远都是冬天"的咒语开始失效时，圣诞老人驾着雪橇来到了这里。善良的海狸为孩子们做了果酱中油布丁。阿斯兰既是一只会说话的狮子，同时又代表了其他事物：我早就知道它自我牺牲归天之后又获重生的故事。而在此刻，当我为了创作这本书重新翻阅七本"纳尼亚传奇"时，我发现书里面到处都是"舶来品"——那些讨人喜爱的名字、构思、情景和气氛。"纳尼亚"就像是一块拼布：《魔法师的外甥》是以伊迪丝·内斯比特笔下维多利亚时代的伦敦为背景，只不过将马车变成了刘易斯曾在神学中试图以口哨指挥的飞马；凯斯宾王子是以中亚地区的里海来命名，他那恶毒的继母——普娜普丽丝米亚皇后的名字则出自一句俚语（吞吞吐吐，装腔作势）；"老脾气"是一只由大仲马笔下的火枪手变成的老鼠;《黎明踏浪号》中迷失的水手引用了但丁的诗篇;《银椅》的部分情节运用了20世纪30年代的反法西斯科幻小说《英格兰地下》;《能言马与男孩》讲述的是小马故事与《一千零一夜》之间存在的千丝万缕的联系。

托尔金对这些嗤之以鼻,毫不奇怪,要知道他笔下的精灵世界可是他花了很大心血才搭建起来的。但是,刘易斯将自己从各处搜刮到的舶来品运用到了极致,并融入了自己的诗意智慧(而不是现实智慧),"纳尼亚传奇"系列著作由此被紧密拼凑在了一起。这其中既有细微刻画,比如,土耳其软糖盒外缠绕的绿丝带;也有宏观描述,比如,伦敦西区荒凉破败的巧克力工厂。除了少数几处(数量极其有限)基调错误之外,纳尼亚所有的一切都是为了孕育直接的感性信念。纳尼亚的构思或许不够厚重,却始终保持着丰富多彩。刘易斯将所有素材熔炼在一起,打造出了娓娓动听、引人入胜的精彩故事。

刘易斯通过"纳尼亚传奇"系列,生动地为小读者阐释了各种事物。比如在《能言马与男孩》中,故事角色在卡罗门人盛宴上吃的是"肚子中填满了杏仁和松露的鹅,以及使用鸡肝、米饭、葡萄干和坚果做成的精致菜肴"——对于前伊丽莎白·大卫时代的英国人来说,这顿饭处处洋溢着异域风情。他们喝的是一种"小瓶的葡萄酒,它虽被称为白葡萄酒,实则为黄色"。这是一种华丽的故事讲述声调,纳尼亚的星辰由此变得光彩夺目,香肠饱满红润,一切都显得坚实可信,但绝不是从成年人的置身事外的角度来述说。这些作品丝毫不会让小读者产生这样一种印象：刘易斯所创作的是他自己并不欣赏，但觉得小读者可能喜欢的东西。讲述故事的声音同小读者一样充满激情。这种声音会与你同样呼吸沉重，感受到敬畏、惊奇、恐惧、喜悦和崇敬，与你奢侈地坐在云端，任由白云在脚下飘浮，宛如蓝色草地上正在悠然进食的羊群。当刘易斯邀请你与人马兽共进早餐时，或喝一杯世界深处火焰之河的新鲜钻石榨汁时，或前往铺满银色睡莲的大海泛舟时，或骑在阿斯兰的背上"爬上凉风阵阵、开满金雀花的山坡，翻过石南丛生的山脊，沿着千奇百怪的山梁一直往下跑啊跑，直到再次进入开阔的山谷，眼前是一望无际的蓝色花朵"时，你一定相信对于这些景象的邀请，就连刘易斯本人也会欣然接受。他借用了内斯比特谦卑随和的解释技巧，将你带入了一个凭你自己不可能到达的认知世界。故事的结束会让你倍感沮丧，刚才的身临其境再也无法重现。

"纳尼亚传奇"系列著作的一些读者会产生一种受骗之感。它们能让小读者不明缘由地发笑，这是因为《狮子、女巫和魔衣柜》的故事是刘易斯假借嘲笑成年人的愚蠢来表达他对现代社会的成见。那是一种一以贯之的，就连刘易斯自己也毫无办法的东西。纳尼亚故事的叙述不仅充满诱惑，而且气势凌人，它用情感将你层层包裹，犀利的言辞让你毫无抵抗之力。八九岁时的我是因喜欢而读了这些著作，但当时若被告知过这些话，相信我也会立刻明白其中的含义。

"纳尼亚传奇"系列作品从未让我产生一种轻松之感。对我来说，淡淡的尴尬气氛常与阅读时的沉醉相伴而生，提醒我是否已经或随时都会走火入魔。但对于这种尴尬我欣然接受，认为它是我沉醉于故事的一个必要步骤，是故事情节渗入我想象力的一种标志。在这方面，留给我印象最深的当然是阿斯兰这个形象，这只伟大的狮子简直就是纳尼亚的神。"你也在那儿吗？"爱德蒙问。"我也在。"阿斯兰回答道，"但我在那儿还另有一个名字。"全能和至善的阿斯兰只要一出现，就总威胁着要撕裂纳尼亚。借用刘易斯的比喻来说，阿斯兰要比一个想象中的国度分量更重。成年后再次阅读这套作品，我竟被刘易斯对阿斯兰出场的巧妙设计所折服，它们丝毫没有破坏故事的流畅度。"没有到过纳尼亚的人，有时会觉得一种东西不可能同时兼备善与恶。一个人小时候或许会这么认为，但现在肯定已经纠正过来。当他们将目光瞄向阿斯兰的脸庞时，只瞟一眼那金色的鬃毛和那双硕大而高贵、庄严而犀利的眼睛，他们便觉得无法直视，忍不住瑟瑟发抖。"

阿斯兰拥有两种截然不同的说话语调。对于故事中的男孩来说，他为人严肃、正直，举止高贵。"起来，彼得爵士。无论发生什么，永远都不要忘记擦亮你的剑。"而对女孩来说，他又显得温柔无限，甚至有些顽皮。"来吧，孩子们，看谁能抓住我。""接着说呀，亲爱的。"当然，作为读者，你可同时体验男孩和女孩两种身份，因此可同时将阿斯兰当成一位理想的父亲和一位近乎理想的情人。"纳尼亚传奇"丛书中一共出现了十个孩子，但年龄最小的露茜显然是刘易斯在故事中的代言人，作者希望自己与阿斯兰的关系能像露茜处理的那样，充满信任、难舍难分、全然无惧。"他既真实又温和，任由露茜亲吻，将脑袋深埋入自己油亮的鬃毛中。"但是，刘易斯也没忘反复渲染孩子在阿斯兰面前的愧疚，由阿斯兰来判罪和洗罪。爱德蒙的背叛、阿拉维斯的残忍、吉尔导致尤斯塔斯跌落悬崖，以及尤斯塔斯一贯的令人生厌，以自我为中心，为人恶毒和贪婪。此外，还有一对素食主义的父母，他们都必须背负着罪孽来面对阿斯兰，这些时刻真正让我尴尬不已。想到自己会被这只无所不知的狮子所审视，那种感觉就像一丝不挂。

在最让人心惊肉跳的情节当中，那种感觉已不仅仅是一丝不挂了。《黎明踏浪号》中，尤斯塔斯自己也变成了一条龙，而恢复人形的唯一办法是屈服于阿斯兰的利爪。龙在小说中反复出现，象征着令人可怕的冷酷内心。

"他第一下撕拉就很深，我都以为深入心窝了。他开始把皮扯下来时，我痛得不得了。唯一使我能够忍受下来的就是感到蜕下壳来那股高兴劲儿。你剥过创口的痂就知道那种滋味。虽然痛得厉害，可是看到它脱落，心里真有说不出的高兴。这一来我就像一根剥掉皮的细树枝一样光滑柔软，个子比过去小了些。于是他抓住我——我不大喜欢他这样做，因为我身上没有皮了，肉还很嫩——他把我扔到水里。"[1]

遇见阿斯兰，似乎就是同意他将你身上的一部分像除痂一样

---

[1] 译文引自"纳尼亚传奇"系列，译林出版社，2005年。——译者注

清除掉。我觉得自己与尤斯塔斯不一样,但也不能完全肯定。"纳尼亚传奇"在不断追问这样一个问题:你愿意被改变吗?我的答案是一半愿意,一半不愿意。我无法别过头去看别处。现在再读这个系列,有一点我能肯定(当初我也能这么肯定,只不过还无法将想法转化为文字):刘易斯虽然笃信阿斯兰的利爪,但并没有不择手段地向读者灌输这种坚定。他认为自己不需要的东西,决不会强加于他人。从这些书中你还能看出,他确信一个人需要的就是被改变,需要借助于自己不可控制的力量脱胎换骨,因为你的恐惧心理总会阻碍你变得够狠,伤得够深。狮子阿斯兰仿佛就是扮演外科医生角色的神,他的真爱冷酷无情,那样才能根除病患。

"纳尼亚传奇"系列的终结篇《最后一战》中,刘易斯开始重塑纳尼亚,改变的问题也就显得不可避免。(我个人最喜欢的部分还是系列的中间两本——《黎明踏浪号》和《银椅》,那时候的纳尼亚受开头与结尾部分情节动荡的影响最小。)星辰纷纷坠落下来,纳尼亚的居民聚集在阿斯兰面前,被分成了升入天堂和坠入地狱两类,巨蜥啃光了所有的花草树木,潮水淹没了光秃秃的土地,而后当"沉寂、不幸的晨光"最终铺在空旷的海面上时,阿斯兰对时光老人说:"现在画上句号吧。"然后,"他扯下太阳,像捏橘子一样捏在手心,顷刻间四周变得一片漆黑,"除了穿过那道大门,与故事角色一同进入刘易斯所描述的比纳尼亚更好的地方之外,你别无选择。那里存在一种奇怪的柏拉图式几何结构，每向内深走一步，周围会变得更亮一些，看到的东西会更清晰一些，没有穷尽。这里真的就是天堂；阿斯兰将真相告诉了彼得、露茜、爱德蒙、尤斯塔斯、吉尔、犹哥里和波莉——你们已在一场火车事故中丧生，因此能永远待在这里。"阿斯兰说这番话时，他看上去不再像一只狮子……"

《最后一战》让我感到不安：与其他六本相比，我重读这本书的次数最少。它一开头——猿猴席夫特捡到一张狮子皮，开始计划扮成阿斯兰——就有一种新式道德沦丧与虚伪出现在纳尼亚，而以前决不会存在这些东西。纳尼亚突然间变成了另一个世界，在那里，恶棍的行径不再受到故事情感的遏制与局限，而是能散播开来玷污纯真，污染整个故事的世界。纳尼亚的分崩离析早在巨人将太阳捏碎之前就已开始，原本统治这里的不成文规定均被打破，这个地方已变得面目全非。我觉得刘易斯在此是有意让小读者感受到失望与迷茫，从而做好离开纳尼亚的准备。他想通过这种突如其来的堕落，让你感受到他对这个地方的排斥。它会被一个更美好的柏拉图式的纳尼亚所取代，你理应为此感到开心——在这里，苹果会变得更像苹果，前几本书中的老朋友都会再次出现，而且性格更像他们自己。

纳尼亚的毁灭让我痛苦不堪，这是因为大门之外的那片土地虽是光芒闪烁，但传达出的希望似乎与纳尼亚之前所承载的差别不大。**<u>我以为自己已找到一个永远富足和完整的地方，这不是因为它自己已变得永恒，而是因为故事是这么说的</u>**。刘易斯可能觉得有必要拆毁所想象出的岛屿,但他的理由在我看来非常模糊。当他逼我做出选择时,我发觉自己并不愿意穿过那道门,走向死亡。说到底,我不愿改变。我想一直留守在这座岛屿,不愿游向外面的大海。

我也尝试着将纳尼亚带回这个世界。我想象着基尔森林中就有森林女神,她们将白桦树的树皮做成梳子,梳理得头发亮闪闪的。我和朋友伯纳德经常会聊起纳尼亚的故事情节,并称自己为"纳尼亚学家"。我把白色的玫瑰花瓣撒入浴缸,将我的"金鹿号"船模摆在水中间,使用宝丽莱相机拍摄下来,再现百合花海的效果。但是,我只有一次真正感受到了纳尼亚世界的震撼。我把宝琳·拜恩斯画的大幅纳尼亚地图贴在家里楼梯转角处的墙上,地图右上角画着阿斯兰的脸像,周围的金色鬃毛呈玫瑰花瓣状。一次趁家中没有人的时候,我蹑手蹑脚地走到楼梯转角处,怀着膜拜的心情试着亲吻了阿斯兰的鼻子,然后撒腿就跑,浑身颤抖着,既兴奋又羞愧——我竟然将毫无可能的故事王国中的某些虚幻带入了现实世界。

第四章 小镇

小镇具有很强的联系性和交际性。人们的共同生活由无形的小镇社会行为准则编制而成。小镇作为虚构的社会岛屿，存在多种形式：村庄、断头路、肥皂剧等，甚至寄宿学校也可以是一种小镇。在小镇中，一些情况下我们必须向他人求助——有些事是义务，有些是道义。

草原上的"小木屋"

我疾驰在一条陌生的乡间小道上,像诺顿·贾斯特《神奇的收费亭》中的米罗那样,将邮箱里收到的紫色小亭子组装好,然后开着自己的小电车穿过去,瞬间就来到了另一个地方。不过,我要去的不是贾斯特笔下那个可爱的悖论与逻辑游戏之地——它也是20世纪唯一能与刘易斯·卡罗尔为爱丽丝所创造的两个奇幻王国相匹敌的地方,也是一个所有谜语都变得具体化、人性化和讨人喜欢的地方。我要去的地方其实是另一种小岛:那是属于人的小岛,处于一望无垠的草原大海之中。一英里又一英里,横穿南达科他州的双车道高速公路在脚下延绵不断,我们宽敞的轿车轻摆了一下身子,便从一条通直大道转入另一条稍带弧度的长弯路。道路两旁全都种着玉米或大豆,每隔一英里就被左右两边的土路分割成一块一块的。(我也曾乘飞机掠过这里,它们看起来就像是磨破的绿色地毯,棕色的纤维衬里都露了出来。)每隔两三英里的草原缓坡就会向上抬起,形成矮矮的山头,翻过之后眼前又是和之前一样新的地平线。这个地

The Child that

方曾是一片海床，现在海水早已干枯，但草地依然像海洋一样广阔无边。头顶上的浮云向南飘动，绵绵不绝。一路上都是这种一成不变的风景，直到我们到达了迪斯梅特镇。我去那儿是为报社写一篇有关劳拉·英戈尔斯·怀尔德的专栏文章，19世纪80年代她曾和家人在此定居。五十年后，**迪斯梅特镇也因怀尔德的"小木屋"系列著作而名垂青史，在南达科他州众多的草原小镇中最有名气**。这座城镇的确很小，但借助于怀尔德的名气，听说过它的大有人在。"小木屋"系列著作一共九本，全部跻身史上最畅销儿童作品前三十名。其中，最畅销的两本（平装本）仅在美国就累积销售了六百万册，其他几本也都达到了四百万册左右。

此时的迪斯梅特镇到处都是郁郁葱葱的，街道两旁全是白色木房，定居者最初带来的亲水树种——杨树早已遮天蔽日。小镇的商业大街我最初是通过《草原上的小镇》结识，书中描写的街道一片泥泞，路面只是一些摆放在开阔草地上的生木料。这条道路的历史与南达科他州一样悠久，此刻看上去充满了古老的气息，它介于高速公路与铁路之间，那两排房子尽显百年沧桑。这座小镇的设施非常完善。若是在英国，仅一千五百人居住的小镇都会建个酒吧和邮局，但在这里，迪斯梅特镇方圆三十五英里都渺无人烟。这里不仅能看到商店、修车场、汽车旅店、休闲宾馆、中学和医院，而且还建有一处国民警卫队训练场和一家名为皮诺纳的咖啡店。在《银湖岸边》中，英戈尔斯全家于1879年严冬时居住的那栋小木屋，现已被整体搬迁到了镇上（银湖早已干枯），成了"劳拉·英戈尔斯·怀尔德纪念协会"的总部。迪斯梅特的女士们头戴复古帽，姑娘们则身穿枝叶图案纱裙，带领着慕名前来的游客参观各处与英戈尔斯相关的景点。英戈尔斯留下的是一种女性化的文化遗产，这里的游客绝大多数都是女性。"上周有两位男士来游览，他们是完全出于自愿，并没有受到女人的逼迫。"当地的女士们告诉我。对于每一批游客，显然存在这样一个时间点，这些导游能轻而易举地辨别出哪些是书迷，哪些是同名电视剧的追随者。一些追随者以为劳拉的父亲应该像这个角色的扮演者迈克尔·兰顿一样，留着20世纪70年代那种夸张的发型，浑身都是晒得黝黑的肌肉，而画像中的他是一位维多利亚式的绅士，相貌平平，眼睛微凸，留着一把上圆下尖的胡须。"当我们把查尔斯·英戈尔斯的画像指给游客看时，他们会说：'天哪，怎么回事？'"导游说。整个游览包括那栋搬迁过来的木屋，《漫长的冬天》中全家人七个月忍饥挨饿时的住所，以及一座舒适的维多利亚式洋楼。劳拉嫁给阿尔曼佐·怀尔德后，其父母曾在这里度过了一段安逸的生活——这段岁月不曾出现在小说中。

此外，这座小镇每逢节日还会举行盛装表演，地点就在草原边缘，劳拉父亲原来宅地的旁边。太阳躲入了草原西边的尽头，劳拉笔下的那片大沼泽渐渐染成了一片黑暗。(这个词叫作"沼泽",但小时候我总觉得是"藻泽"。)镇上的民用马车,通过与扩音系统里播放的预先录好的音轨对口型的"假唱"方式再现了故事场景,而此时观众席里的蚊子也忙得不亦乐乎。显然,精明的居民已将"小木屋"当作一种旅游资源进行开发,从而帮助迪斯梅特镇摆脱了农业收成不稳定的窘境,这已成为周边城镇所不具备的一种独特优势。不过,当地人大力发展文化历史不仅仅是出于玩世不恭。仔细区分,我们仍然可以在下面两者之间看出其中某种一脉相承的价值观:这片土地上初次庆祝国庆节的那些定居者,和1998年夏天我所看到的依然如此行事,并从中牟利的他们的后代。在这里,我们也能看到劳拉·英戈尔斯·怀尔德笔下的那种属于杰弗逊式的农商共和国那种充满原生态味道的美式礼仪和理想主义。

它表现在公共礼节中:在天色渐暗的草原上,当盛装表演者高唱《我的祖国》时,观众也会自发地自然而然参与进来。

我的祖国

我们是自由的乐土

我为我们歌唱

它也表现在个人举止中:迪斯梅特镇的居民总喜欢向路人挥

手致意，这大概是因为在这个被绘图师称之为"美国大沙漠"的地方，其他地方的人是难得一见的。孩子们会向我们挥手，女士们也会朝我们致意。男士们开着皮卡在街上溜达，看到等待过马路的陌生人都会一本正经地抬起手来，假装摸着帽檐向我们致敬。甚至在黄昏时分，那些正值青春期，已可考取驾照，但未到达饮酒年龄的男孩开着车在街头漫无目的地转悠，他们看到我们时也会跟我们挥手致意。

节日当天的晚上，我来到加油站，与同行的摄影记者一起抽着哥斯达黎加雪茄。一辆外观豪华轿车开进了前院，车上坐着的似乎是某家庭中的全部女性成员。我觉得她们应当是两代人，但这也很难说，因为她们无论是十四岁的还是四十岁，全都是牛仔女郎的装扮。就像很多生活在没有大城市的州的人们一样，她们精心打扮，却无处可去。夜幕降临，她们究竟要去哪儿娱乐却成了难题——找什么乐子都行，只要能找到。天哪，她们还真是无聊。不过这儿有个迷路的英国人！接下来发生的事情我已记不清先后顺序，总之我从炫耀自己的英国口音开始，继而用英国口音唱起了歌，之后在这群暂时赶走了无聊的牛仔女郎中间跳起了兔子舞。迪斯梅特镇所有的年轻人都将车停到了加油站，围成一圈兴奋地观看着。那位母亲（如果我没猜错的话）似乎急着把我和一位十六岁（如果我又没猜错的话）的牛仔女郎撮合到一起。我拼命地使劲挥动着手上的婚戒，摄影记者的表情介于忍俊不禁与目瞪口呆之间。"我已经拍到了所有我想要的素材。"他对我说,"我现在想回去睡觉,明天一大早就离开这儿。你确定自己还好吗?"不,我不敢确定。我这随和的性格似乎又一次将我推入了一种说不清道不明、令各方都尴尬的境地。我也许会悄悄溜回汽车旅馆以摆脱这种境地,让这些人一头雾水,她们毕竟并没有让我跳舞逗乐,是我自愿的。似乎我还没有很好地吸取迪斯梅特镇的教训,尽管我清楚那是什么——意志要坚定。

美国人往往只注重未来,所以总是急不可耐地抹去昨天的记忆,为迎接明天做好准备。**然而在这片草原上,人们却精明地认为,过去有生存价值,此外,他们还很倔强。人们只有倔强才能生存于这片土地,不管干旱还是洪涝,只能靠天吃饭。**我还结识了一位英戈尔斯家族的"活化石"。哈维·马克斯先生已是九十一岁的高龄,1941年劳拉最小的妹妹格蕾丝·英戈尔斯下葬时,他还是一位护柩者。我用了很久才消化掉这个消息,将它融入了那个封闭的故事世界。在那个故事世界里,劳拉的回忆就像灯光一样照亮了爸、妈[1],以及那些姑娘的音容笑貌。这说的可是宝贝格蕾丝,那个收到天鹅绒兜帽圣诞礼物的格蕾丝呀!他竟然帮忙安葬了格蕾丝!马克斯先生住在迪斯梅特镇向西十英里的曼彻

---

[1] 遵循了"小木屋"系列原著中的称谓方法。在那个地方,小孩子不像现在这样称呼"爸爸""妈妈",而是称爸爸为"爸",妈妈为"妈"。

斯特，曼彻斯特没能繁荣起来，最终成为落魄的草原小镇的代表，那里只住有四户人家。节日那天，马克斯先生门前的草坪上也飘起了一面旗，屋里墙上还挂着一张总统的相片。就在我去拜访他的前几天，他刚同妻子露西尔搬出了镇上的老人院，回家居住。露西尔需要长期照料，马克斯先生便承担起了这份责任。"我说过有福同享、有难同当的，"他解释说，"现在就是我们同患难的时候。"**人们通过信守承诺，将过去、现在与未来连接在了一起。远方的地平线是一条延绵不断的绿带。**

我非常羡慕马克斯先生，也希望能和他一样。对我来说，他生活的这片土地像是坚守了三十年的承诺，如今让我一睹芳容。我儿时读过的那些教我如何进行人际交往的书籍，几乎全部局限在由某种小社群凭空画出的圆圈之内，并非是孤独的自我及经历的圆圈。外面是那个不可言喻的世界，或者是纳尼亚，或者是一个哲学意义上的空集，而是这样一个圆圈，里面集聚着很多人，周围满是孤独。大约在我九岁、十岁时，虽然纳尼亚的吸引力尚未完全褪去，但我越来越多地选择了发生在这个圆圈之内的故事来读：它们将我带到了小镇。纳尼亚世界中的善恶截然不同，就如泾渭分明的狮子与女巫；而小镇中的善恶需要耐心甄别，要通过你来我往的人情世故和社会规则去体会。草原小镇的社会不仅是由木料和油漆这些最初元素所构成，而且也存在很多行为准则，人类的共同生活便是由这些无法感触的材料编制而成——书里描述的这一切在我看来，道理一目了然。**那时的我也在第一次尝试着拼凑自己所认知到的社会。每个孩子都是开拓者。**

故事中的小镇

故事中的小镇并不总是字面意义上的小镇,虚构的社会岛屿存在多种形式。简·奥斯汀是所有描述共同生活的小说之鼻祖。对她来说,小镇就是乡绅的小世界,就是少数几个家庭在农村地区组成的上流社会相互之间不断的拜访和会面。儿童文学作品中的小镇可以是一个村庄,可以是郊区的一条断头路,可以是一个开在城市街区所有人都光顾的商店或熟食铺。它与肥皂剧背景相似,但这并非偶然。肥皂剧也是一个社会岛屿,不断上演着人与人之间的是是非非。重要的是,人们心甘情愿地相互关联在一起。这样,个人行为产生的影响被感知为一种通过这张彼此关联的网络进行传播。只要达到一定规模,只要这种联系足够密切,任何社区都能实现这种效果。一方面它的规模必须足够大,这样大家共有的知识会显得并不完整;另一方面它还要足够少,这样最终的秘密才会产生强大的震撼力。无论是故事、肥皂剧,还是我们现实生活中的家人和朋友圈,似乎拥有十到三十位核心成员最为妥帖。维系这样的一种群体规模似乎是人类与生俱来的本能所致,

The Child that

或许是因为人类曾以这种规模的部落奔波在大草原上觅食，所以之后对于同等规模的层次结构和群体，我们自然始终觉得最为适应。生活中的核心成员少于十人，那等于是在隐居，多于三十人，则代表他们根本没有那么重要，而在阅读小说时（小说中的人物繁多），这难免会导致我们分不清说话的人到底是谁。

寄宿学校、家庭与小镇

在儿童文学作品中，寄宿学校同样也能找到小镇的影子，只要作者没有将学校生活当作笑料来加工，比如，比利·本特、奈杰尔·莫尔斯沃斯或者约翰·詹宁斯的故事。从安杰拉·布拉泽尔和"夏莱小学"系列作品，一直到这一体裁通过"哈利·波特"系列中的霍格沃兹学院获得意外复兴，**学校故事探索的是儿童自治城镇的本质**。《哈利·波特》中全新的魔法与民主氛围仍然无法替代蔑视富家子弟、争夺校级奖杯等这些关键元素。正如一位观察敏锐的《哈利·波特》评论家所言，学校环境之所以充满了自由氛围，正是因为学校的规章制度总是由外部强加于身；而陷入困境时，我们尽可将它们打破而不会产生任何罪责感，或影响我们对学校的忠诚——从安杰拉·布拉泽尔的作品到罗琳的创作，即使最不守规矩的角色也对学校怀有这种忠诚。哈利热爱霍格沃兹学校。真正有价值的行为准则是由孩子们自己制定的，它们存在于校规之内，就像盔甲之内的血肉之躯。**校园故事讲述的其实就是孩子们之间的相互评判、相互影响和相互交往**。家长作为倾向于做出情绪化决定的成年人,刻意在此"被缺席"了。

同理,**如果一个家庭的人口足够多,那么这个家庭便是一个"小镇",或者家里的孩子足够多,兄弟姐妹之间的横向关系能够超越每个孩子与父母之间的纵向关系。**内斯比特的现实主义小说——其中包括"巴斯特伯"系列故事和《铁路边的孩子们》——总会刻意编排一位家长入监、死亡或身处他乡,从而在孩子与另一位家长之间安插一个替代角色,这个角色既可以是管家,也可以是南方铁路公司,总之是一个无缘无故乱发脾气的权威形象。所有有关儿童勇于独立冒险的书籍都继承了内斯比特的血脉,比如"燕子号与亚马逊号"系列;比如伊丽莎白·恩莱特笔下那个生活在20世纪40年代的纽约,充满自信的梅兰迪一家;比如所有讲述无依无靠的孩子们的著作,他们被迫住在谷仓,或者在内地自谋生路,或在战火纷纷的伦敦寻找食物和避难所。所有这些故事凸显的是孩子之间的互动与合作,与之前的儿童独自生存类故事存在极大差异,尽管故事背景可能存在相通之处,比如芭芭拉·莱奥妮·皮卡德充满悲情的《一是一》,那个中世纪的孤儿总是在离火最远的地方;或者弗朗西斯·霍奇森·伯内特绮丽却又凄凉的《小公主》,父母双亡的悲惨与学校生活的残酷交织在一起。读着这些故事,我会产生一种欣喜若狂的认同感,这种感觉完全不同于在结识彼此交谈的新角色时,从四面八方不断涌出的好奇感。

现实与文学作品中的美国小镇

不过，当小镇真实存在，尤其是它是美国的一个小镇时，我才能从中汲取最多内涵，才最能感受到人物的真实。 这包括劳拉·英戈尔斯·怀尔德笔下的迪斯梅特镇；路易莎·梅·奥尔科特笔下的康科德镇；汤姆·索亚的汉尼拔镇；哈珀·李笔下的梅岗镇；甚至是雷·布拉德伯里笔下的那些伊利诺伊州的小镇——每当他描述典型的童年时代发生超自然灾难时，都会用到这个被末日闪电照亮的小镇（比如《蒲公英酒》）。儿时的我觉得美国十分遥远，我既不敢确信能从地球仪上找到它的位置，也不懂得那里的时间概念。我所了解到的美国历史支离破碎，它怎么就与我脑海中那些完整的英国历史产生了联系？作为历史学家的孩子，我鄙视那种将历史视为一个贴有"昔日"标签的大盒子，什么观点都能往里装。在英国，依次登上历史舞台的是罗马人、维京人、征服者威廉、城堡骑士、伊丽莎白女王，斯图尔特"假发"时代、维多利亚时代，之后是我父母孩提时代的反法西斯之战。就在我出生之前，过去的历史终结了，其

The Child that

标志就是蒸汽机车的退场——既合乎时宜又让人感伤。而在美国……鉴于乔治·华盛顿常戴假发，所以他应排列在大篷车之前。乔·马奇的父亲作为随军牧师所参加的那场南北战争对我来说完全是个谜团，但《小妇人》对善行的强调显然与维多利亚时代存在关联——这就像"小木屋"系列中母亲对女儿的抚养一样，只是这种关联更弱一些。也许高楼林立的纽约和满脸仁慈的爱尔兰警察都出现在更靠后的时代。

麻烦的是，美国似乎很久以前就已进入了我所称的现代化阶段，汽车之类的东西就是例证，然后就一直保持在这个阶段，任由时光流逝。美国的领导人、高校和橄榄球比赛的现状只有更加细微的变化，对于这些我根本无法解释。比如，这说的是什么时候的事？"不知怎么那时的天气要更热一些，夏天对黑毛狗来说就是活受罪；广场上的橡树枝繁叶茂，闷热的树荫下停放着胡佛马车，车前拴着的骡子一个个瘦骨嶙峋，不停地甩着尾巴驱赶苍蝇。男士们那笔直的衣领到了上午九点就会耷拉下来；女士们尽管会在中午前和下午三点午休后多次冲凉，但到了傍晚又会变得像用汗渍和爽身粉揉成的糕点。"[1] 如果去了当时的美国，我也不知道自己能看到些什么。我曾参观过一个房间，里面挤满了默不作声，但心中充满了敬畏的成年人，所有人都注视着一个白色斑点——那是笨拙地飘浮在月球表面的尼尔·阿姆斯特朗。另外，

---

[1] 译文引自《枪打反舌鸟》。——译者注

我的表亲也曾去过美国，却在那里遇到了一头想偷吃他们可可的灰熊。美国人还在听胜利牌留声机吗？仍爱吃肉饼吗？仍开的是皮尔斯银箭豪华轿车吗？仍然在穿后背印有大写字母的夹克衫吗？

我的父母没有为家里添置电视机，如果有的话，我肯定已经根据电视剧《柯贾克探长》和《科伦布探长》的一幅幅画面，在脑海中拼凑出美国风情，相似度至少能达到像模拟现实的电影布景一样。我借助于书籍中的插图的一点帮助，在脑海中勾勒出纱门、防风窗、节日大餐、饲料仓库和法院的模样，以及隆冬时节溜冰派对的场景。我给旗杆穿了一面星条旗，向它吹风，令它飘起来，以彰显旧时的荣耀。很多时候我发现自己的理解有误，因为我的思维模式太过欧式。比如阅读《枪打反舌鸟》时，我认为既然杰姆、斯各特和阿迪克斯都是在镇上居住，那么那里的人肯定住的是两三层高的联排别墅。我知道杰姆在迪尔的激将下风驰电掣般地穿过前院，跑去敲打布·雷德利家的栅栏。但我从来没有想过雷德利家的四周竟都有花园。最后，我在十来岁时观看了由格利高里·派克扮演阿迪克斯的同名电影之后，才惊讶地发现孩子们放学回家所走的那条弯弯曲曲的路两侧竟是些平房。我感到了一种类似迷路一样的痛苦。我自己想象出的那个梅岗镇顷刻间分崩离析，只剩下了它的原型纽卡斯尔安德莱姆。没有了自己熟悉的城镇来构建它的血肉之躯，我心中的梅岗镇已变得薄如蝉翼，就像一张已被褪去的蛇皮。但当初读故事的时候，我对自己的想象很有信心，因为小镇居民的真实感触手可得，无论我在其中填充多少东西都不会影响这些地方的真实度。梅岗镇的莫迪·阿特金森女士是一位中年妇女，她说话刻薄，喜欢烘焙，酷爱园艺，崇尚自由，除了斯各特·芬奇故意逗乐之外从不笑他。"她从不告我们的状；从不像猫追老鼠似的追赶我们；从不过问我们的私生活，她是我们的朋友。"这些品性特征全都融入了莫迪小姐的斯卡帕衣葡萄，虽然我根本就不知道那是什么（我只知道杰姆和斯各特可以吃它们）。

我学会了辨认莫迪小姐等人物角色所具有的浓厚的美国特质，十岁的我对美国的历史与文化一无所知，因此并不能说清这究竟是什么。

对于虚构文学来说，这意味着个人的希望和理想以及他们彼此之间的关联默默地承载了整个国家的故事，除了特定美国人个体的特定生活之外，并没有整个国家的故事展现的舞台。每一个个体都拥有丰富的内在重要性。亨利·詹姆斯曾在一百二十年前列出了美国小说家不曾染指的所有东西，因为在美国社会这个解构了的环境里，根本不存在可创作出符合欧洲虚构文学伟大标准情形的制度。他指出，教堂、教士、军队、拥有城堡的贵族、外交官，以及热爱运动的上流社会人士都不能成为创作的主题。"我们可以一一列举出美国生活中所缺少的高度文明的种种，最后剩下的定会让我们惊愕不已。"其他地方或许会通过史诗传颂的美德，在美国只会用家长里短的文字来描述，而且还要进行一丝不苟地审查，作为自由的可行性的测试。当然，早在1879年詹姆斯写下这番话之前，美国生活已形成了他的独特方式，这其中也少不了詹姆斯的热心参与。受此启发而创作出的小说都是以主人公的社会属性为模板，就像安东尼·特罗洛浦的小说都是以美国社会所缺失的牧师、主教和准男爵为模板一样。波士顿名流、镀金时代的强盗式贵族、德克萨斯的石油商、电影明星、留着寸头的国家安全知识分子、身处中年危机的喝马蒂尼酒的康涅狄克广告人、电脑怪客、20世纪六七十年代出生的底层流民。社会形态总在不断更新。事实上，美国一些制度的等级区分与行为限制比旧世界最古板的上流社会更为过分，比如黑奴制度以及它在美国南方留下的长时期种族隔离制度。但是，美国故事所留下的典型画面是主人公有意拿自己的命运来做实验。比较一下汤姆·伍尔夫和巴尔扎克，其小说是社会范围的模板；和狄更斯比较，其小说是喜剧能量的模板，他笔下的人物更具自决性和自创性。

再比如，伟大的欧洲小说和美国小说在探索一个普通现代人的心理时,所强调的重点有着鲜明的差异。乔伊斯将利奥波德·布鲁姆构思成了都柏林人的代表，将他的思想和情感设计成了一种永恒，那里的经历所沿袭的都是同一种古老的意义结构。布鲁姆是普普通通的平凡人。而在约翰·厄普代克的"兔子"四部曲中，主人公哈利选择了一条经历他那个时代种种可能性的爱、工作和背叛的道路，从这个意义上来说，他过的确实是标准的美国生活。他有时会成功，有时会失败，他的经历读起来令人兴奋，就好像美国中部的一位欧洲旅行者在假日酒店一觉醒来，拉开窗帘眺望着洒满阳光的停车场，那些打过蜡的汽车引擎盖闪烁着的绚丽光芒，犹如百货商店摆放的毛巾或油漆公司的产品目录一样五彩缤纷。顷刻间，他意识到自己已来到一个表里如一、致力于实现平凡欲望的国度。当然，并不是说美国这些琳琅满目的东西就能保证幸福。它们能刺激人们大胆去追求幸福，这才是真正令人兴奋之处。一方面是取之不竭的丰饶物质，另一方面却是难以实现的内在充实——它既买不到，也无法掌控。"兔子"对自己的认识并不完整，自己的健忘不断侵蚀着他对人生的理解。当他在我们眼前的书页里因打一场临时起意的篮球比赛中不幸身亡时，他的那种半明半暗的存在结构也就永远离开了我们的视线，再不被人知晓。除非有神明现身，来抓住这个好色、爱打篮球的汽车交易商正在坠落的灵魂。但是，体现出"兔子"与众不同的正是他人生的这种局部性和不完整性。"兔子"是一位共和国公民，而这个共和国只存在于其公民的生活之中。"兔子"总是独特的。詹姆斯写道，当大背景已经过去，"美国人自以为给他留下的东西很多，而留下的是什么呢，那是他的秘密，或者可以说是他的笑话。"

我十岁的时候还没法领会到这种笑话,但我可以使用自己熟悉的素材来编排美国的小镇故事。我知道我在这些小镇遇到的人们,肯定与我在同一时期阅读的那些搞笑的玄幻故事中的人物大不相同,但我同样喜欢。我当时交错着读了"小木屋"系列、琼·艾肯的《巴特锡的黑心肠们》,以及 T. H. 怀特的《石中剑》,那种感觉就像展开了一把交替使用美钞和孔雀翎制成的扇子。玄幻故事中的人物当然不同,当我们遇到他们时,他们的形象已十分完整。我第一次在巴特锡遇到黛朵·特怀特时,琼·艾肯笔下的这个女主角还是个皮包骨的淘气鬼,她生活在詹姆斯三世的一个虚构时代,家人都是爱吹双簧管的阴郁刺客。而在《南塔科特岛的夜鸟们》中,她已靠着吃鲸油而变得高大了许多,还挫败了使用超级大炮,隔着大西洋轰击圣詹姆斯宫的阴谋。到了《杜鹃树》中,她已成为一个颇有本事的半熟少女,这次又挫败了将圣保罗大教堂推下路德门山砸死国王的阴谋。但从本质上说,她始终没有改变,一直都是那么镇定自若、精明干练,口中的伦敦腔总是滔滔不绝,彰显了琼·艾肯融合历史与想象的深厚功力。事实上,要将她这个人的性格描述清楚很是困难。一旦读了其中一本书,她便会留驻在我们的想象之中,让我们产生一种将她指认出来的冲动,就像指认出伯蒂·伍斯特要比概述这个人更加容易一样。这是伟大喜剧角色的一个标志。无论怎么重新塑造，他们总有一种牢不可破的显著性，故事背景的变化并不会影响这种显著性的存在，读者能通过看到他们始终如一的显著性而获得越来越多的愉悦感。他们好像一直都在那里，我们想象不出他们会发生什么变化。《石中剑》中，当瓦特（也就是年轻的亚瑟王，不过他并不清楚自己的身世，而我们第一次读这本书时也不知道这一点）把墨林从密林带回家做自己的老师时，这位年迈的魔法师的头顶卧着一只猫头鹰，白胡子上还沾了一些猫头鹰的粪便，他在城堡的庭院内遇到了瓦特的乡绅监护人——说话生硬的埃克托爵士。

"最好能证明一下我们的能耐。"埃克托爵士满心狐疑地说，"通常都是这样。"

"那就证明一下吧。"墨林边说边伸出了手，立刻就变出了一些带有亚里士多德签名的重牌，一张由赫卡特签名的羊皮卷，以及一些由三一学院教师签名的机打副本……

"他之前就把这些东西藏在袖子里了。"埃克托爵士自认聪明地说，"我们还有别的本事吗？"

"树！"墨林说了一声，庭院之中突然冒出了一棵参天桑树，诱人的蓝色果实似乎就要落到地上。

"这都是镜子的把戏。"埃克托爵士说。

墨林有没有可能不是一位难以琢磨却又极其仁慈的大师，在时空中飘浮不定？埃克托爵士有没有可能不是那么蠢笨却又善良？当然不可能。他们的个性早已固化，不会随氛围的变化而变化。（对于有些氛围和环境，他们根本就是格格不入。）但这并不意味着作者怀特在创作这两个人物时没有投入真实情感——与此相反，他费力摆脱了平日不写作时神经过敏的干扰，创作时倾注了自己全部的爱心与责任心。不过，这意味着相对于故事中的其他事物来说，这两个人物确实不是一种真实的存在。他们的存在基于的并不是与他人的互动，而是像演员一样站在幕前，独立于环境之外，不会受到任何影响。同样，他们的存在也不要求我们的参与。我们已对他们了解得很透彻，因此阅读时也无需费尽心思去琢磨。

当我读那些小镇故事时，哪怕是最简单、最理想化、最风格化的人物，我要了解他们都必须察其言、观其行。这种了解是一种循序渐进的过程，就像我们在现实生活中结识朋友一样。在归纳他们的性格特点时，我们也要像与现实的人交往一样，细心辨别什么才是善良、慷慨和可敬。他们彼此之间的关系，以及从某种意义上来说与我们之间的关系，是他们存在的基础。我们对他们负有一种责任，不过即使我们辜负了他们也不会受到惩罚，只是我们对他们的了解不会像本该有的那么充分。我们会发现自己就像参加博克斯山野餐时的爱玛，仅因贝茨小姐讨人厌烦的性格而对她妄作评判。奈特利先生的谴责之词用在我们身上毫不过分。他说:"那样做不对,爱玛,真的不对。"

奇怪的是,尽管他们都戴有老式圆帽,说起话来彬彬有礼,但我觉得小镇故事中的人物更像希腊神话中的那些嗜血的诸神和凡人。(如果我们从恶的一面去看待那些神话故事的话。)罗杰·兰斯林·格林[1]对神话故事的复述并无用处,只是让故事情节的跌宕起伏变得更顺畅、更合理一些,就好像这些神话都患了精神分裂症,而他正在用大剂量的锂片进行治疗。但几年前,我有机会读到了爱德华·布里盛和利昂·加菲尔德合著的《海底之神》,这本书及其续篇《金色影子》重新还原了神话故事的美丽和恐怖,简直无与伦比。宙斯发现刚出生的儿子赫菲斯托斯长得丑陋无比,一怒之下将他扔出天庭,可怜的孩子哀嚎着落了下来,在空中划出一道金线。还有,冥界之王偷走了珀耳塞福涅,母亲得墨忒耳啼哭着四处寻找她的踪迹,所到之处庄稼绝收,冰封大地。泰坦人普罗米修斯用黏土造出了人类,还为人类盗取了火种,于是宙斯派了一只老鹰每天去啄食他的肝脏。

正如我们在小说中所看到的,**这些角色代表的并不是个体,他们远不比黛朵·特怀特那么有个性,而是某些品质的具体形象**

---

[1] 罗杰·兰斯林·格林(1918-1978),英国著名儿童文学作家。罗杰以讲述传统故事而闻名,作品有《亚瑟王和他的圆桌骑士团》《希腊英雄故事》《罗宾汉历险记》等。

化：力量、智慧、愤怒、欲望和温柔，这些品质丝毫没有掺杂和遮掩，因此才熠熠生辉。不过，他们真切地拥有自己的意志，并会以最疯狂和最具毁灭性的形式表现出来。他们的暴怒会让你感觉整个世界紧绷，并与之扭曲，背离原有的秩序。他们的双手所触及之处，某个东西或某个人便会不可思议地发生变化，这个变形过程通常充满暴力，且不可逆转。《海底之神》中的插图出自查尔斯·奇宾之手，他使用充满动感和粗犷有力的线条刻画出了这个世界的野性与冲动，似乎一切都处在狂躁的边缘。在他的笔下，波塞冬的海马战车成了一团旋转着的爆炸射线，没能跑过阿塔兰塔的那些年轻人一个个躺在血泊之中，胸口插着长矛。这些插图带给我的是一种真实之感。我们全家去了希腊度假，燥热的空气和丁香的气味渗入了我所读的故事。对于我直截了当的提问，父母告诉我妹妹剩下的时日不多了。我平静地接受了这个答案，大人们肯将这么重要的事情告诉我，这种信任有点让我受宠若惊。不管怎样，说话尖酸刻薄的布丽吉特就在那里，戴着一顶宽沿草帽，刚过了自己的第四个生日，而我刚过了第七个生日。但是，我大脑里还有另一个声音：好吧，这就是世界沉重的一面，世界的某些部分会有这种残酷的沉重，这便是插画中的情景，仅此而已。这与天命没有关系，正如它与此处的狂喜或恐惧无关一样。布丽吉特快要死了。普罗米修斯明明做的是好事，宙斯还要惩罚他，所以还能怎样呢？

我来到沙滩上，模仿迈锡尼时代的圆墓用沙子堆起了一排墓穴。在书中，一些几乎觉察不到的事情正在发生。开篇时那个父亲可以吞掉自己孩子的原始世界正在逐渐变成一个可被风俗影响的地方，丝毫看不出其对过去野蛮行径的歉意，那里的神与人似乎达成了某种契约。这并不是因为诸神的脾气有所收敛，而是人类的顶礼膜拜使他们产生了治国安邦的想法。纯粹的神治一点一点逐渐被法治所取代，由此构成了文明的基础，万物赖以生存的基础。在《金色影子》的结尾，英雄大力神从世界尽头的石柱上解救下了备受折磨的普罗米修斯，宙斯并未阻止。《海底之神》宣扬的是要实现目标，必须付出死亡与鲜血的代价。这个观点非常真实，所以当我们要创作任何能站得住脚的东西时，必须将其包含在内——这是一个古老的见解。我后来又多次遇到这个观点。作为一名学生，我只能阅读那些曾带给布里盛和加菲尔德灵感的希腊悲剧译本。在埃斯库罗斯的"俄瑞斯忒亚"三部曲中，家族仇恨被转化成了一场司法判决，复仇女神赋予了人类共同生活在有恶必惩的黑色背景。再往后，这个观点又体现在《古兰经》中，真主告诉穆罕默德："有理智的人们啊，我们在抵罪律中获得生命。"但这句话的含义被西方翻译得含糊不清，听上去像是在鼓励复仇一样，容易让人产生误解。阿拉伯文中，这句话说的其实是法律意义上的惩罚。面对阿拉伯国家民族之间连续不断的仇杀，真主提醒人们，严守法纪才能获得更好的生活。看着巴黎圣母院的石柱，俄国诗人曼德尔施塔姆曾写下了这样的诗句："终有一日／我也会从残酷的厚重之中／创造出美来。"

不过，我十岁之前所读的那些书中，能像桥梁一样将小镇的神治与法治联系在一起的，非凯瑟琳·斯托的《玛丽安的梦》（企鹅图书）莫属。如今重读，我发现作者还是位心理分析师，不过这一点并不令人意外。玛丽安病了，喜欢用画画来打发时间。她的那支笔非常特殊，所画之景到了晚上就会展现在面前。那是一片望不到边际的草原，一栋房子的四扇窗户有些歪斜，一缕青烟从烟囱冒出，像小猪的尾巴一样卷绕着。不过，她在这个梦幻屋里并不孤单，一个男孩也在那里，而现实世界中的他也得了病。玛丽安画什么，这个男孩到了晚上就能得到什么。她画了鸡蛋给他吃，画了自行车让他骑。后来他俩吵架了，她一怒之下把窗户都涂成了黑色，又在屋外画了一圈活石柱来监视房子。那些石柱每根都长着一只眼睛，看上去非常恐怖。现在，她那略微有些超现实主义的梦境演变成了真正的噩梦。玛丽安无论怎么努力也擦不掉这些石柱和窗户上的黑色，她发现应由自己将男孩从自己设下的陷阱中救出。读到这里，我发现故事是在中途把那种不可知、不公平的神治注入了平凡世界。这个故事告诉读者，责任心起始于梦境，忠诚来源于冲动。正是神话故事中那种随心所欲、无需任何理由的自由，繁衍出了关于人类共同生活的故事中的自由。

美国小镇故事中看不到古希腊的那种恐怖,但也并非一片祥和。那个世界发生的事情也是生死攸关。劳拉的姐姐玛丽仍会因感染猩红热而双目失明,父亲的庄稼仍会因蝗灾而颗粒无收;满脸胡茬、浑身酒气的鲍勃·尤厄尔仍会手持尖刀,在黄昏中追赶斯各特和杰姆;吉姆真的是《哈克贝利·费恩历险记》里的黑奴,印第安人乔要是能抓到汤姆·索亚,真会杀了他。约束行为的法律不再像迈锡尼的阿伽门农宫殿墙上的那块金砖一样宏大和简单——七岁那年,我曾一边想着那些神祇,一边爬上了那堵墙。"小木屋"系列中的规矩有时看起来既复杂又古怪,像是英戈尔斯母亲和姑娘们用来摆放瓷器的放在墙角的八宝架,上面还铺着流苏纸片。有时看起来又很荒谬,令人陶醉的狂野草原就在薄如纸片的墙头之外,而母亲却叫劳拉不要烦躁,安心地坐着。当劳拉最终能跑到外面,帮助父亲收割庄稼时,我们能真切感受到她已得到尽情释放。但我们也能看出,母亲在她那珍贵的陶瓷牧羊女居住的临时拼凑的家里的确产生了安全感。她拥有自己的育女心经,认为只有家才安全,才不会受到野外横暴的侵扰,比如,狂风暴雨、印第安人或是在铁道边唱歌的醉鬼。她立下的规矩具有一种建设性,因此"小木屋"系列读起来才不会像维多利亚时期讲述好孩子故事的经典作品那样让人压抑——《小爵爷》和《埃里克》之类的故事让我们恨不得放火烧了主人公的头发。哈珀·李笔下的梅岗镇处处可见约定俗成的行为规范,法律却无用武之地。汤姆·罗宾逊之所以在监狱农场死于非命，是因为人们只将平等法则挂在嘴上，实际执行的却是种族歧视。阿迪克斯·芬奇试图让法律的阳光照进黑暗与恐惧，想必他所做的一切定会得到埃斯库罗斯或穆罕默德的认同。

小镇中，男人不会变成雄鹿，姑娘不会化作垂柳或河流，一对爱人也不会变成两只豹子，但人们的确会发生变化。他们过着有其因必有其果的生活，我们无法将他们从人际关系网络中剥离出去，让他们像演员一样站在幕前。他们有的被理想化了——比如阿迪克斯·芬奇；有的被风格化了——比如英戈尔斯夫妇，但他们之所以如此，是因为他们都在扮演自己。他们的每一个动作都是来自本性的反应。如果当初阿迪克斯动摇了，任由暴民冲入监狱抓走汤姆·罗宾逊，那么之后的他便不会是以前的他了。这种情形当然不会发生，但之所以不会发生是由角色的性格所定，而不是因为人物所处的故事环境构架将这种可能性排除。这种情形当然可能发生。故事里的人物当然能让我们惊讶或失望，或向我们展示出他们全新的一面。他们能够发生变化，甚至被完全摧毁。

所有这些意味着我们必须仔细琢磨《枪打反舌鸟》中那众所周知的寓意了。"要了解一个人，就必须设身处地从他的角度去考虑问题，否则，我们就不可能真正了解他。"阿迪克斯对女儿说。但要真正了解小镇上的人，我们首先要能意识到他们的身心已没有空间来容纳我们。那里已被别人捷足先登,且他们的性格与我们截然不同。如果我们把他们想象成自己,希望这样可以走入他们的身心,我们了解到的只会局限于感官层面。现在让他们畏缩或喘息的刺激元素,也会让我们在想象中畏缩和喘息。这种替代性经验能够变得非常强大。比如,调教有方的白人儿童怎么才能想象出遭受种族歧视的感觉,怎样才能在很有限的程度上感觉到已为人父的成年人在被蔑称为"小子"时,心中的那股无名火。但这种方法还是赶走了原来的身心占据者。要想理解一个人的真实生活,我们必须将自己想象成他们——这件事情要困难得多,因为将两个神经系统快速而神奇地糅合在一起根本行不通。与此相反,通过阅读我们能尽量放空自己,通过故事进入另一种人生,获得另一种视角,完全潜入其中。这个过程看上去非常困难,有时就像强行将水注入一块坚硬的密纹实木。不过,由于小说联通的是人们不可言说的内心世界,这样做也就存在可能。**小镇的最终回报是一种独立于喜好之外的感同身受,它比正义更具意义,若将其施于真实生活而不是虚拟世界,我们或许可称之为"尊重"。**

我读"小木屋"系列

"小木屋"系列著作中我最爱读的是《漫长的冬天》,讲的是在 1880 年长达七个月的漫长冬季,英戈尔斯一家差点被活活冻死。整个系列的故事也是从这一本开始讲述世界,不再局限于劳拉身边的家人。《漫长的冬天》中的劳拉已经十四岁,反常的暴风雪提前来袭,一家人躲在迪斯梅特镇外的小棚屋,薄薄的墙壁备受摧残。她的父亲到镇上买菜时,在店内听到一位印第安老人预测说"还会有更大的风雪"。父亲真切地感受到了大难就要临头,便当即决定全家立刻搬出那片大草原,到镇里住。就这样,劳拉离开了那个方圆数英里渺无人烟的地方,生平第一次拥有了邻居。

"小木屋"系列故事中,到处都在提醒我们宽广世界的存在。新闻总在不断发生,访客也是络绎不绝。《大森林里的小木屋》从一开始就讲到父亲在家里总爱拉小提琴唱歌,这不由使人想起生活在美国的苏格兰人和爱尔兰人的民俗文化。他们家的朋友爱德华先生说起话来总爱嚷嚷,俨然是一只"田纳西州的山猫";他总是突然造访,就像是一位蛮荒边疆派来的使者;他总爱和劳拉的父亲闲聊政治风云,和劳拉的母亲极有分寸地开着玩笑。《梅溪岸边》中,劳拉第一次去学校读书,也是第一次认识傲慢无比的奈莉·奥利森——她一头卷发,穿着"店里买的"衣服;劳拉青春期的时候,两人还会在迪斯梅特镇再次相逢。作为劳拉的竞争对手,奈莉就像一把钥匙为她打开了校园这把锁,让她见识到了小女孩之间所谓的"最好的友谊"。《银湖岸边》中,劳拉家里来了几位寄宿客人,她便抓住这个天赐良机,开始好奇而忐忑地观察这些没有受过自己母亲的教诲,在客厅鼾声如雷的人。劳拉对旷野世界的反应总是那么强烈,而这个世界就在她童年的家门之外。劳拉的内心充满了矛盾。向屋里看,母亲总摆出她那珍贵的陶瓷牧羊女便视为营造出家的安全感,无论他们搬到哪儿住;向屋外看,她也渴望走出去,像小鸟一样展翅高飞,或像掠过草原的轻风一样自由向西驰骋。她的父亲将这一切都看在眼里,心里也不是滋味。于是,他时不时地放松一下母亲对劳拉的约束,带她出去长些见识,共同做点俩人都喜欢做的事。劳拉跟着父亲一起堆干草垛,还看见一队队人和马,一起有条不紊地修建铁路。但更多的时候,劳拉只是在家中了解到这些不同于家庭生活的人生滋味——有的发生在她与父亲在一起的时候,有的是发生在父亲身上,回家后再讲给她听。

但在《漫长的冬天》中,这个系列故事的讲述策略发生了变化,以迎合这个家庭新的人际关系。我们可以看到劳拉与同龄女孩交起了朋友，父亲的身旁第一次出现了其他男性。我们从书中能够看到劳拉不在时所发生的事情，而且是直接出于作者之口，不是再经过父亲的转述。我们看到了药房中的男性社会，镇上的男人围在药房的火炉旁下棋，父亲在故事中被第一次称作"英戈尔斯"或"英戈尔斯先生"。我们能看到怀尔德兄弟在街头的小黑屋里过着单身生活，与母亲所坚持的持家有道形成了鲜明反差。他们整天都在吃煎饼，"只要我们不停地吃啊吃，便不用洗盘子了。"阿尔曼佐的兄弟说。尽管一天天长大的劳拉开始体会到性别差异，在学校不自觉地飞身接住男孩踢飞的球时感到好笑，但她的总体感觉是有大为拓展的社交可能性，有很多事要去做、要了解，还有许多有趣的陌生人要去观察和剖析。作为读者，我们也会产生这样的感觉。刚搬到镇上时，劳拉一想到那些陌生人就害怕，不知道该如何与他们交谈和打交道。去富勒五金店给父亲买割草机的零件，这场经历对劳拉既是一种考验，也是一次冒险。不过，她的想法很快就发生了改变。一场遮天蔽日的大雪和锥心刺骨的烈风来临，从学校穿过暴风雪回到镇上，建筑两边的道路变成了一段极其危险的旅程。排成一行的步履维艰的孩子摸索着前行，他们一旦错过那排新建的木头房，"便会全部消失在茫茫草原"。学校已经停课，专门给迪斯梅特镇运送补给的火车也越来越少，直到最后，一辆也看不见了。在劳拉眼中，镇上那七十五个陌生人不再无法了解，而变成了一群患难与共的朋友。

他们带给劳拉的感觉是即使算上全镇每个人,他们也势单力薄得可怕。

但即使是劳拉感觉暖和之后,她也会静静地躺着,倾听着狂风的呼啸,心里想着镇里的一栋栋小屋孤零零地矗立在漫天大雪之中,连邻居的灯光都没有。草原的无垠让小镇显得更加孤独,全都被包裹在暴风雪中,让人分辨不清哪里是天,哪里是地,到处都是狂风咆哮,一片苍茫。

她的焦虑也发生了变化,不再是"人是不是太多了",而是"人够不够"。

她们的父母没有预料到,用来支撑全家度过整个冬天的竟是搬家后第一次从草原获得的那点夏季收成,就连果蔬店也没有去。不过火车停运之后,商店很快也变得空空如也。小镇慢慢熟悉了暴风雪的肆虐模式:连续两三天大雪纷飞,然后是一天放晴,但仍是寒气刺骨;等到天空的西北角再次乌云密布时,新一轮的暴风雪便会发作。草原上的动物也被严寒驱赶到了遥远的南方,这个食物来源也就此中断。天气晴朗时,父亲会驾着雪橇出镇,到草原上去弄些干草,茫茫雪地全然没有人类的踪迹。"只有风肯在雪地上划出一道道细纹,留下自己淡淡的蓝色阴影,并从每一道坚硬而光滑的波峰上吹起一片雪雾。"大雪纷飞时,人们什么事也干不成,只能坐在家里一边把干草搓成一根根可以用来烧火的草辫,一边听着暴风雪的吼叫。这种声音像是大自然在宣泄自己的冷酷无情，这个家庭也曾受过它的威胁，但它从来没有像现在这样处心积虑和残暴无情。大街上呼啸而过的狂风似乎都成了精。当父亲试图用小提琴拉奏暴风雪的声音时，故事立刻变得可怕。"小提琴发出了沉闷而急促的低音，狂放的音符飙高，高到细不可闻，而后是如泣如诉地回归，音符没有变化，但听起来却有差别，似乎在听不见时调了音。"劳拉情不自禁地颤抖了一下——我读到这里也禁不住打了一个寒战。

《漫长的冬天》对人类行为的描述既充足又直接。它是整个系列最含蓄而出色的作品之一，细心的读者从主人公一家的刻画中获得的信息，要比作者的评述多得多。我们可以看出劳拉对姐姐玛丽的感情非常复杂，姐姐的完美无瑕让她感到嫉妒；但姐姐又是个盲人，除了同情之外，所有其他冲动都要退避三舍。（这种纠结尤其让我感同身受。）我们可以看出父亲对于劳拉喜爱冒险的性格颇感欣慰，因此对于没能有个儿子来分享男性世界，他多少感到些遗憾。我们还可以看出，虽然父母除了紧急时刻之外总能保持意见一致，但两人的性格截然不同。父亲点子多、爱冒险，是个为了家庭不得不总是克制自己的脾气、从头再来的人。母亲爱宅在家里，是天生的保守主义者，却仍执著地追随自己的男人来到了这荒凉之地。母亲很多时候都在担惊受怕，她强加给自己的那些规矩平时看不出什么端倪，却会在她插手的关键时刻显露出来。《漫长的冬天》中，当父亲提出要冒雪前往镇南二十英

The Child that

里的地方寻找那位据说还有存粮的农民时，母亲说道："我们这个时候出去拉干草都已够呛……还去找什么麦子。"每当这个时候，父亲总是默然接受。在《漫长的冬天》中，已经长大的劳拉第一次明白了她们的处境是多么糟糕。现在的她也有责任不让家人担惊受怕。父亲听说铁路公司直到开春才会向小镇发车的消息后，编造了一个有趣的故事来取乐，劳拉听完后会意地大笑，父亲动情地抓了抓她的肩膀。但是，就连这种父母对事情的判断也已无法满足读者对完整情节的渴求。家庭之外发生的事情此刻已变得非常重要。他们需要借助于他人的眼睛，来客观判断他们的处境。母亲使用咖啡磨把麦子磨成粉，烤成全家每天限量供应的一小块面包，他们就像极地探险者一样逐渐适应了一天天减少的口粮。他们将所有精力都用在对付生活和保持乐观上，对周围发生的一切都失去了兴趣，而作为读者的我们也会产生这种感觉。北面街道的年轻而勇敢、每天煎饼吃得特别饱、没有养家之责的阿尔曼佐·怀尔德看到劳拉的父亲，让我们震惊地意识到正在发生的事情。"我觉得镇上有人正在挨饿。"阿尔曼佐说道。"可能有人很饿。"哥哥一边转动煎饼一边附和道。"我说的是挨饿。"阿尔曼佐重复了一遍，"比如英戈尔斯家，一共六口人。你有没有注意到他的眼睛，他是多么消瘦啊？"时值二月，真正的危机已经到来。这家人的存粮已所剩无几，只能向别人求助了。他们需要小镇，需要得到救助，但这谈何容易。

我读《漫长的冬天》时根本无法解答这个问题，它也超出了其他任何人的能力范围，直到1993年文学批评家威廉·霍尔茨[1]出版了《小木屋中的幽灵》。与其他人一样，我原本也以为"小木屋"系列中的直率笔触，正是它们质朴无华地讲述事实的一个标志。"这是劳拉及其家人真实故事的第五部。"打开《漫长的冬天》，这句话跃然纸上。我以为书中的人物角色劳拉、真实生活在南达科他州边远地区的小姑娘劳拉，与20世纪三四十年代写下这个故事的农家妇女劳拉都是同一个人，她们之间并不存在明显差别。但事实又怎能如此简单？十岁时的我已经知道这些都是小说，它们都拥有故事的形态，情节的发展节奏和篇幅的大小设计都是有意而为之。但在我看来，纸上的劳拉栩栩如生，觉得她一定真实存在，有朝一日我们也能变成像她这样的一个人，这是因为她的每一种想法和感受都在19世纪80年代真切出现过。我从来不曾想过能够带给读者如此情感冲击的文字，其创作却与这些情感完全无关。

---

[1] 威廉·霍尔茨，英国作家，代表作《家庭聚会》。

小镇故事与社会

1993年，威廉·霍尔茨宣布通过研究"小木屋"系列小说的手稿，称真正的作者是劳拉·英戈尔斯·怀尔德的女儿罗丝·怀尔德·雷恩，她本身是一位擅长写作的小说家。也就是说，这些著作根本不是某位"无师自通的天才作家"的回忆录，而是经过伪装的专职作家的作品。劳拉这个角色是加工而成的，家族史料经过了特意筛选和编辑，有些事件已被完全略过，以增强故事的戏剧性和一致性。比如在《漫长的冬天》中，罗丝全然没有提到那七个月还有一对夫妇与英戈尔斯一家住在一起，让他们的窘境雪上加霜。

霍尔茨的论著引燃了一片愤怒，这并非是因为某些特定事件可能不足为信，让"小木屋"系列的很多读者感到不安，而是因为它威胁到了每个人所感知到的情感的真实性。读者最初在《大森林里的小木屋》认识的那个小女孩似乎对他们做了某种许诺，但这一切被霍尔茨的发现打破了。"如果我们是劳拉真正的粉丝，我们根本无法忍受她一丁点的欺骗。"劳拉纪念协会的一位女士斩钉截铁地对我说,"这些书如果不是劳拉所写,她肯定早已说清楚了。"著作容不下玩世不恭,如果这种东西渗入了创作过程,那将极其糟糕。自1993年以来,尽管措辞没有霍尔茨那么犀利,但越来越多的评论家和传记作家都认同了这种观点。母女主动进行微妙合作的事实逐渐浮出水面,但这不应被视为一个肮脏的秘密。**即使"小木屋"系列著作是母女二人合作的作品,她们的合作和互相帮助只是使作品变得更温暖、更生动、更细腻。**这些著作的价值还在那里,毫发无损,只是劳拉·英戈尔斯·怀尔德不会再被赞誉为"质朴的艺术创作者",再不会有人评论她的文字——正如某位评论家所言——"好得如同面包一般"。

《漫长的冬天》中,英戈尔斯一家一方面急需得到生活救助,但另一方面还想留住尊严,这种矛盾颇为棘手。故事一开始就讲到,当草原依然是艳阳高照的时候,劳拉和父亲有次在水塘边发现了一个麝鼠窝。这个窝是用粘泥搭成的,四壁特别厚实,父亲知道这是严冬即将来临的又一个征兆。劳拉问他麝鼠怎么会提前知道,父亲认为可能是神出于同情告诉它们的——麝鼠没有独立的意志,每年只会出于本能建个一模一样的巢穴。人类就得不到这种保护。"人类能按照自己所想建造出各种各样的房子,"她的父亲说,"人类拥有自由和独立的意志,如果他们建造的房子无法遮风挡雨,那只能是活该。"这其中的哲理显而易见。自由的代价是不能指望别人来把我们从自己犯下的错误的后果里拯救出来。但随之而来的严冬堪称一场天灾，超出了人类的预防能力，因此，英戈尔斯一家根本无法依靠自力更生来熬过这个冬季。

如今重读《漫长的冬天》，我发现这本书为使故事符合父亲做出的麝鼠推论，特意做了一番精心铺垫。它从文字层面入手，刻画了民众为拯救面临饥荒的小镇而做出的英雄壮举。阿尔曼佐·怀尔德和朋友凯普·加兰冒雪前往镇南寻找粮食，而劳拉的母亲却没有让父亲去冒险。他们成功地找到了粮食，从那个孤独的农夫手中买了下来，一共六十蒲式耳[1]，然后趁着暴风雪喘息的间隙用雪橇运了回来——两个青年冒着生命危险，为小镇找到了足能熬到开春的粮食。但在这里，小说还为他们的利己主义添加了更多具体的意义。阿尔曼佐之所以会去，用他的话说就是因为如果找不到其他粮食，乡亲们就会吃掉他的那些宝贝麦种。我们应该注意，阿尔曼佐对小镇奉献的是勇气，而非财物。描绘他决定外出寻找粮食的那一章节，特意用"自由和独立"作为标题。

粮食运入小镇后，故事仍没有结束——劳拉的父亲在这个时候当上了英雄。为阿尔曼佐和凯普提供资金去购买粮食的店主罗孚图斯先生想借机大赚一笔，想将每蒲式耳粮食的卖价提高两倍。

---

[1] 蒲式耳，既是容积单位也是计量单位。在美国，就小麦而言，1 蒲式耳相当于 27.216 千克。

愤怒的人群集聚在富勒五金店,共同商议对策。"我们干脆去把粮食夺过来。"一个暴脾气说道。"不行,"劳拉的父亲说,"我们还是去找他讲理。"他领着大家找到罗孚图斯,说虽然他有自由加价的权利,但"风水轮流转",开春后他们也完全有权不去他的店铺购买任何东西。出于良心发现,同时也为了自己的长期利益,罗孚图斯妥协了,将粮食原价卖给了他们。小镇见证了成功,文明进一步得到了捍卫。小镇居民最终战胜了挑战,没有失去自己的尊严,沦为一群狂怒的暴徒。他们按照互谅互让的商业原则,很好地解决了长期与短期、饥饿与贪婪之间的利益冲突。现在,他们按照利己主义构成的某种法则——这也是罗丝所崇尚的法则——解决了问题,决定按需分配这些粮食。"我们统一按需分配这些粮食,大伙儿觉得如何?"劳拉的父亲建议道。他按 1.25 美元的单价买到了两蒲式耳。那天晚上,英戈尔斯一家终于吃上了面包,迪斯梅特镇的每个人都成功熬到了春天。

儿时读这本书时,我并没有意识到其中微妙的意识形态成分。我当时的人生经验根本洞察不到这一点。对我而言,那只是一个情节简单的小镇故事,大家分享粮食来战胜饥荒。这么理解也不算错,《漫长的冬天》讲的的确就是这个故事,每个小镇难免都会发生类似的故事。我对那些微妙的保留和条件都没有留意,因为它们并没有影响到整个故事的情感脉络。英戈尔斯一家需要帮助,阿尔曼佐和凯普勇敢地外出寻找粮食,且不计报酬,终使他们摆脱了饥饿。《漫长的冬天》拥有一系列特定的意识形态工具,它所面临的问题,也是任何一个大于家庭的群体所能遇到的核心问题。每个社会都要想方设法解决这个问题,每个个人在不断成长、走出家庭的过程中也需要解决这个问题。家庭之内,成员之间都负有不可推卸的义务;而在家庭之外,所有义务都是暂时性的,必须经过协商才能确定。作为儿子或兄弟的身份无法改变,但作为朋友、同事就不同了,这些身份随时可能发生变化。所以这个核心问题就是:**我们该如何向那些没有义务照顾我们的人们寻求帮助。为了生活,我们该如何求助于陌生人?我们必须向他们求助,除非我们满足于离群索居的生活。**

罗丝的观点基本上是,我们可通过市场来解决这个问题,市场是不同需求之间的契约桥梁。十岁时的我并没有留意这一点。我没有意识到在提供帮助的同时,保持自由和独立,需要一番讨价还价;我没有体会到那些乡亲最终能以"我们"相称,竟需要如此曲折的道路。我只看到了结果。我永远忘不了全家人面对暴风雪所唱的那些歌曲。他们的情绪不需要任何揭示,他们体现出的是个人的希望。

富人将长存,穷人会死去,
切勿伤害自己。

我们都在这里，我们都在这里！

切勿伤害自己。

我们彼此相依，我们彼此相依！

切勿伤害自己。

那个冬季最严寒的几天，阿尔曼佐和凯普返回小镇的道路似乎已被暴风雪彻底阻断，爸终于失去耐性，冲着暴风雪吼叫起来："呼啸吧！真可恶！呼啸吧！……我们就在这儿，安然无恙！你奈何不了我们！整个冬天你都在发威，但我们终将会赢得胜利！春天来临之际，我们仍会生活在这里！"当初读这本书的时候，我并没有在意，究竟要经历怎样的复杂步骤，"我们"才能突破家庭的范畴：我只知道它的确发生了。

因此，《漫长的冬天》让我懂得了哪些事情属于义务，哪些属于道义。 除了这个收获之外，小镇故事还教给了我很多需要弄清的情况，需要倾听的声音以及需要探究的意图。我甚至开始理解文字背后的含义。这种阅读能够激发我们对真实人物的好奇心，提高我们在现实世界的观察力和理解力。小镇类小说所揭示的观念具有可转移性。当我们对小说人物的理解如同真实人物一样困难而宝贵时，我们对书本之外的世界只会更感兴趣。在我作为爱读书的孩子的成长史的这个时候，我本可以成为另外一种读者，一捧起书就相信自己能在那里找到现实世界中的所见所闻的变体。我本可以迈入成人阅读的境界，将真实世界的人物与故事角色融汇在一起，并不断粉饰对两者的理解。

但是，我远比想象中的自己更加依赖美国小镇故事中的那些理想化乃至说教性质的情感冲动。<u>那些故事中，"本应如何"与"事实如何"非常接近，美国生活的种种愿景成了检测和评判现实的标准。</u>美国小镇的新奇性通常会进一步强化"本应如何"，告诉我们自己所看到的现实存在是精心选择的结果。但它们即使按照美国标准已属陈旧，依旧会被视为一种实验来做出判断，似乎城镇居民所允许发展的是展示他们的最大努力。在《枪打反舌鸟》中的梅岗镇，过去是一种传承，约束力极强且无处不在。经过几代的演化，受人尊敬的白人家庭之间已变得非常融洽，彼此"了如指掌"。"下边这些名言简直成了日常生活的指导：克劳福德家族专爱管别人的事，梅里韦瑟家族里三个人中有一个是病态的，德拉菲尔德家族不讲实话，布福德家里的人走路都那样，"最重要的是，未被提及的奴隶制这个巨大阴影仍然笼罩着这个地方，它诱发了梅岗镇白人的恐惧与歉疚，这从他们无法承认对黑人的残酷便能看出。但即使在这里，一切需要检验的事物也须遵从原则。对于那个时候充满想象的我来说，"本应如何"是展开和抚平人类行为的"褶皱"使其变得可知的关键。

没有了它，我便会困惑不解；没有了它，我便会缺少秩序。一次，我们学校组织活动，庆祝纽卡斯尔安德莱姆设立八百周年——八百年前，某位男爵在此新建了一座城堡，逐渐发展成了现在的这座城市。天空落着雨，我们坐上一辆公共汽车去探寻历史足迹，只发现了街头围栏之后的一堆石头废墟。学校还给我们每人发了一个八百周年纪念茶杯。与梅岗镇相比，这里的历史毫无价值——它没有对现在形成启迪，建议我们应该做些什么，所代表的只是一段偶然发生过的历史而已。同样，阅读描述共同生活的英国儿童读物时，我总觉得一些关键结构被遗漏了。最让我困惑不解的是威廉·梅因，他的作品文采斐然，写的多是情形如何，而非本应如何。我经常从图书馆借阅他的作品，因为防尘封皮上的内容介绍总能让我浮想联翩。比如，《立地生根》的宣传资料称，该书讲的是一个 18 世纪的打鼓男孩穿越时空来到当代的故事；而《沙》的封面介绍说，一些男孩发现他们修建在沙丘底下的一条窄轨铁路正在吞噬一座沿海城镇。书里的确有穿越时空的打鼓男孩，也有一群修建铁路的男孩，但这些书用好莱坞术语来讲其实都很"低概念"，对话总是优先于主题本身。故事里没有指示性话语，没有任何东西可以被提炼或强调，有的只是细致入微的观察。梅因的小说总是在展现，而非讲述，让我觉得还有很多东西我无法感知，他描述的小镇到处都是难以预知的细腻情节。我感觉自己就像刚刚开始踏上奇妙旅行的爱丽丝，想要进入花园，无奈门洞太小。

<u>我了解哪些社会呢？</u> 小时候，在父母还未因妹妹的疾病而脱

离正常生活之前,他们也会举办派对。我还记得自己小心翼翼地挤过客厅里的人群,看着那一只只大手垂下来,从我捧着的碗里拿走几颗花生米。但在那之后,大学校园对我来说只是父母工作的地方,充满孤寂。校长楼中,父亲的那间办公室散发着打蜡地板和奶油糖果的气味,他专心工作时总爱吮吸这种糖果。他的办公室充满了现代主义风格,玻璃和混凝土打造的空间摆放着他从剑桥带来的旧桌椅,将他所研究的历史的精神注入了他所信仰的未来之中——培育了所有才俊的文明福利国家。对他来说,过去与未来的融合毫不费力,因为学生运动和反主流文化运动兴起时他的注意力已转向别处。1965年左右,玛格丽特公主来到基尔大学参加活动时,看到我的父母是屋里最年轻的一对,觉得他们应该很懂潮流,便径直走上前问:"你们了解流行音乐吗?""不了解。"他们尴尬地回答。事实也正是如此。我十几岁时曾拿着猫王的图片来测试他们,我怎么都不敢相信,他们五十来岁,并不算老,竟然不认得这位巨星。我还给了不少提示。孟菲斯?不知道。蓝色羊皮鞋?不知道。摇滚乐?"哦,这个知道,"父亲终于自豪地说,"就是那种节奏感极强的音乐吧。"当我九岁、十岁左右,能跟着他们一起去参加教授同事偶尔举办的周日午餐聚会时,我才慢慢发现父母在大多数同事看来就是一对傻瓜观光客,还有一些人不相信这一点,认为他俩私底下都是阴谋家,或至少也是操纵者。不过,我在家里从来没有听说过类似的流言蜚语。

我的父母更相信人们的真实意图，而不是信口开河或飞短流长：过于在意只会加速八卦的流传。

然后就是长大进校学习了。我交了两个朋友——理查德和罗杰，课间休息时我们会躺在操场边的草丛中，比试谁放屁时能收放自如。最终他们胜出，我开始时还装作无所谓，最终还是被他们放肆的笑声所逗乐。不过，大部分的课间休息时间他俩都会跑去踢球——我一个人沿着操场边缘的白线来回走踱步，以打发内心的不安。一步，一步，一步，转弯；一步，一步，一步，转弯，目不斜视，直至哨声响起。**我想象着自己身处的是书中小镇，以此来驱赶内心的孤独，忘却学校的存在。**操场上的相处之道没有书中小镇人物之间的交往那么容易理解，我也不知道该怎么做才对，于是我告诉自己现实就是一种错误——这个谎言只能安慰具有阅读强迫症的人士，这至少已从卢梭写下《忏悔录》开始，他将自己"乍看起来极端厌世和无比阴郁的性格"归咎于自己"太过友善的内心……以及太过温柔和深情的本性，这样的内心由于找不到可相互交流的同类，而不得不依靠小说来滋养"。我讨厌操场。

第五章 洞穴

如果把故事当作另一个世界，它就立即被赋予了现实性。故事会给恐惧增加新的色彩和画面，带来一种真实的恐惧感。我害怕自己的欲望致畸，吞噬世界。所以，我希望用阅读填满恐惧的洞穴。从儿童文学过渡到成人文学，可以精选佳作来做阅读桥接，阅读冒险小说和阅读科幻小说。科幻作品往往能体现出很强的乌托邦主义。

面对恐惧的洞穴

"瓦利不仅仅是胖或者肥,他简直可以说是臃肿……"寝室另一头传来的声音说道,一副津津乐道的意味。我以前从没听过恐怖故事,正在从他人的期待中第一次品味它的滋味。那是一种既令人愉悦又惹人生厌的感觉,这种恐惧在喜欢时能带来一种享受,厌恶时又能随时摆脱。毕竟,这是在大声朗读——我们可以这么做,因为十三岁的我们在学校中年龄最大,而寝室又在走廊的尽头,只要我们不吵闹得引起校方注意,就能尽情享受熄灯后高谈阔论的非正式特权。这是在大声朗读——每个人都知道,诵读出来的故事具有一种特殊含义的声效,萦绕在讲述者和聆听者的耳旁。这类似于我识字之前,父母读故事给我听的情形。现在我期盼着这种情形能够再次发生,不同的是,故事现在的主导氛围变成了寝室。

父母从我第一天上学起,就发现我不善于在操场上跑步,而现在,就连睡觉也无法成为一种私密,这让我感到十分厌恶。我躺在床上,但这张床并不真的是我的床,床单也不是我的床单。我把头蒙进被里,仿佛那是一道其实并不存在的卧室房门,但这种办法并不真正管用。我蜷缩起身子,形成一种半封闭的区域,围堵起的那片温暖也只是若有若无。沙沙声、抽鼻声和咳嗽声从四面八方袭来,那个铃声满天响、到处有人喊我名字、要求我时刻保持警惕的世界仍然存在。渐渐地,大脑对周围环境的意识逐渐变淡、消失,这种不再清醒的状态才真正属于我私人所有,睡眠变成了一个四处敞开的王国。但是,这种感觉似乎从未超过一分钟就会被早晨惊醒,又一天漫长的学校生活拉开帷幕。故事里曾讲过寄宿学校就是一个住满了孩子的小镇,但它不曾告诉我的是,连续数周生活在一个男孩的社会阶层无处不在、家庭联系又无处可寻的世界,刚开始是一种何等奇怪的感觉。

但此时三年已经过去,我早已习惯了一切。我已从寄宿学校找到一种精神补偿:当我获得知识时,那里的老师似乎真的为我高兴,而我自己竟有如此惊人的环境适应性,也能"入乡随俗"。我在这里不只交到了几个好朋友,而且也找到了自己可扮演的角色。其他男孩看到我走过来不再有陌生之感,甚至会有一套屡试不爽的期待。事实证明,这个小镇还真为那些愿意扮演书呆子的角色,愿意在我们共同的漫画、战争影片和电视剧世界里充当智者的好书之人保留了位置。我可以是《雷鸟神机队》中的布莱恩,可以是《铁金刚勇破黑魔党》中的Q博士,也可以是《第十七号战俘营》中的那个戴着眼镜、眼珠一转就有一个鬼点子的越狱委员会军官。简而言之,我就是一位博闻多识的多面手。这只是一张面具,但戴在我脸上有一种浑然天成的感觉。

除了这些满足感之外，我还感到似乎一个长久紧系的私人情结终于松动了。家里那种乌云密布的病患危机竟出人意料地开始消散。原本以为活不到八岁的布丽吉特奇迹般地挺了过来，等到了医学进步的那一天。医生认为肾脏移植加上精心呵护或许能够扭转她的病情，进一步延续她的生命，甚至帮助她过上接近于正常人的生活。于是在她八岁、我十一岁的那一年，她的那堆多得要靠手推车来运送的病历资料被转交给了盖氏医院肾脏科，同时为了避免等待肾源而耽误时间，父亲捐了自己的一个肾。他们俩躺在两张轮床上，被一起推入了手术室。红色的橡胶门关闭之后，下午母亲带我来到滑铁卢桥下一家卖邮票的小店打发时间。我本应满心担忧才是，要知道这个世界上我最爱的三个人中有两个正在挨刀，不过，我内心对医生的盲目信任早已变成一种割削恐惧的利器，整个下午漫长而紧张，而我不记得感到害怕，也已忘记母亲当时的心情。给我留下印象的只有那些邮票。那些是英国使用十进制之前的普通邮票，一排排地装在透明玻璃纸信封中。邮票上的女王黑白头像还是个年轻女子，印在浅色干净的长方形邮票上的椭圆框内。在当时，面值半个便士的邮票为橙色，一个便士为蓝色，三个便士为紫色。

手术自然会有副作用影响。父亲才四十一岁，头发却已变白。为防止排异反应而给布丽吉特注射的类固醇使她迅速发胖，她从瘦骨嶙峋迅速变得大腹便便。这种变化如此剧烈且不可逆转，以至于在她有生之年，除了从背后看始终消瘦的脖颈之外，很难找到能使大家想起她曾经模样的其他特征。可喜的是，手术似乎很成功。突然间，布丽吉特竟能破天荒地走上一段距离，也能像正常人一样进食了。她的日常生活终于告别了那一箱箱的糖水，留下的只是对甜食的无比厌恶，并且她对胡椒和辣椒仔制成的重口味沙拉酱产生了偏好。突然之间，她的生命打破了设定好的失效期。术后一年，她还努力爬上了苏格兰的一座山。那座山很小，但也是一座山。山顶的野风将她的格子花呢披肩卷到头顶，但她自己已能纹丝不动——双脚站得很稳，丝毫不用担心会被风刮走。地球引力紧紧地拉住了她。我再也不必把她当作柳絮、禽羽或者一压即扁的纸雕了。多年来，我那颗高悬着的心终于放了下来。

因此，在我听别人读瓦利的故事时，自己的心情与其说是一筹莫展，不如说是相当舒畅。我懂得了如何与寝室另外六个十三岁的孩子相处，知道自己现在虽远离家人，但内心坦然，丝毫不必责备自己逃避那种无休无止的家庭责任。如果布丽吉特不再需要别人的照料，那么我也就不用再因从未给过她多少照顾而感到内疚了。我运用了一种消极对待的方式，在这个并非我独有的寝室里享受着一种半隐私的生活。我懒洋洋地躺着，身体呈 X 形，将双脚塞进床垫边角之下，双手放在脑袋后面，静静地听着故事。

瓦利身材肥硕，但并非天生如此。与此相反，父母都狂爱健身，渴望拥有平坦的小腹和健硕的肌肉。当瓦利还是个婴儿时，他们就给他就断了牛奶，觉得那东西容易长胖；刚会走路时他们就让他练习举重，因此他两岁时"就拥有了一块块俊美的小肌肉；

肱三头肌、肱二头肌、胸肌……"父母送瓦利去上小学时，他还瘦得像一条灵缇似的，也正是此时，他们的报应开始了。瓦利不久便不再愿意每天花费四个小时去训练，身体由此开始发胖。他长得越来越胖，哪怕是连续几周不给他饭钱，回到家中也不给他吃任何东西，他的体重照样不受控制地变重。他究竟吃了什么？"除了瓦利自己，谁也不知道。或许负责清理学校垃圾桶的人知道……"没错，正如你想象的那样，瓦利吞噬的已远远超出"食物"范畴。当瓦利被送入医院进行观察时，"临床的孩子竟凭空消失了，由此可见医生观察得并不细致。瓦利究竟如何神不知鬼不觉地得手，也成了一个谜。"瓦利的父亲对此忍无可忍，便开始计划为民除害，还想到了使用手术刀和压缩空气罐等。

听到这里，我内心的恐惧占了上风。看到我有些歇斯底里，睡在屋角的朋友不得不放下手电筒，收起了那本《恐怖小说第十五辑》。至于瓦利是如何扭转局面？（可想而知）他吃掉了自己的父母。我是后来为写这本书而重新捧起那本小说时才获得了答案。现在重读，完全没有了十三岁时那种挥之不去的恐惧感。那天晚上，我没有刻意将故事与我的生活联系在一起。奇怪的是，我并没有告诉自己，现实生活中的肥胖对我来说就是一种安慰，但我对那个虚构的故事产生了反应，似乎它意味着的事实恰恰相反，把我带到一个毫无安全感的地方。那天晚上我才发现，**如果我们把书当作另一个世界，我们便赋予了它们不可立刻取消的现实性；它们不会因为我们这次改口说这只不过是虚假的、**

非真实的、无需担忧的故事,而立刻消失。我觉得瓦利真的存在,他鬼鬼祟祟的举止、肥胖如球的身体、沾满血的嘴巴,都让我深信不疑。听故事时,我感到故事中的特点词语烙印般地留在了我的记忆深处,而且会以某种方式确保当天晚上我半梦半醒时不断浮现在意识之中,一进入黑暗便会想到瓦利。有时候,当我们的思绪即将被某些东西捕获时,我们便能立刻感到它的存在。有些事情会被我们的脑海迅速吞下,然后在我们最不愿意回忆的时候将它们重新进行反刍。但我一直在尽力同这种想法奋力抗争,因为我希望能够从社交角度驾驭这个故事,我想与人分享这种无关乎人数的令人不寒而栗的故事。我孤独地感到恐惧反而令人羞赧。但是,我还是没能把持住,彻底被吓破了胆。

我之所以会如此恐惧,除了故事的定调之外,还有它对事件的陈述。《瓦利》中充满了黑色幽默,比如说医院里的医生观察得不够细致。现在重读,我发现作者是在玩文字游戏,这也与所有恐怖小说的核心前提相符。恐怖就是打破平衡。它针对的是我们在现实世界一眼便可分辨出来的残忍、怨恨或忽视——比如,瓦利的父母就把儿子当成了一件健美展示品——然后将它们无限放大,直至主宰整个故事。于是,司空见惯的原因产生了极端效果,有时甚至会超越自然法则。换一种说法就是,恐怖故事中的罪恶都会"致畸"。"致畸"这个描述精确的词汇是由医生创造出来的,这样他们便能在患者面前谈论病情,而又不被他们所理解。它的意思是"产下怪物"。瓦利就是父母生出的一个怪物,一个不停打嗝、走路摇晃的真正怪物，这是因为他们暗地里其实也是怪物。倘若不是这个恐怖故事，他俩的做法就不会违背郊区的正常生活规则。这个故事的核心笑点在于，尽管瓦利代表了他俩身上所有的疯狂，日常行为早已脱离常规，满大街寻找不能吃的东西来吃，但除此之外整个郊区并没有发生变化。作者正是基于这个核心笑点设计出了故事中的其他笑料。食人事件发生在了健身课堂、周末洗车以及其他构成郊区常规生活的景象之中，是发生在金合欢大街的噩梦。但是，我并没有将它看作是一种捎带势利的喜剧，我把这些笑点看作是作者的讥讽，他可以为任何普通事物披上恶意的外衣，可以抓住大千世界的任何一面，敲开外壳，展示里面的怪物。整个现实世界随时都能展现出恐怖的一面，我想作者一定认为这么做非常有趣。

也许这些对我们来说难以理解，我在寝室内肾上腺素激升的惊恐感觉与我们的经历毫无关系。倘若真是这样，我们很幸运，我们恰恰成了恐怖题材的目标受众。我们的内心世界不会容下任何无法面对的恐惧。因此对于我们来说，一部电影或一本小说中的恐怖故事从铺垫、发展和危机呈现，一直到最终的真相大白，除了成功的情绪宣泄和由此产生的快感之外，不会在心头留下任何痕迹。一走出影院我们便会想到，"嗯，该去吃炸鸡了。"一合上斯蒂芬·金的小说，我们便会舒舒服服地耸耸肩，之后若不是有意而为之的话，我们不会再想起它。我们真是幸运的家伙。可是如果我们与我一样，灵魂深处埋藏着的恐怖的种子——这种恐怖我们无法驱走，有时是不愿驱走——经过故事情节的不断浇灌，留给我们的定是不寒而栗。要想通过故事将我们的恐惧暴露出来，从而对它进行处理，用故事的方式予以化解，最终清理干净，这么做相当困难。与此相反，**故事只会增加新的色彩和画面，它们萦绕在我们的脑海之中，由于太过真实而无法忽略，这是因为它们被赋予了一种我们体验过的现实恐惧感。** 就我而言，内心深处积压着的恐惧正是黑色愤怒的一种淤积，我从来没能像家人处理家庭关系那样将其化解掉，（在我看来）其结果是我们全家都变得如此脆弱，随时都会被愤怒击垮。我从不敢正视这种真实以及无疑是以自我为中心的情感，这是因为我并不是出于同情而对布丽吉特的疾病或母亲的病痛感到不安。疾病无休止地纠缠着我的家庭，我对这种困扰感到极度愤怒。哪怕使用"极度"这个词都显得词不达意。那种愤怒无处不在，但最终都没有诉诸行动。我觉得如果让它爆发出来，可能我的整个世界都已毁灭。为了拯救我的世界，我只能将它埋于内心深处，然后再盖上我能找到的最为沉重的道德丰碑，然后再从书本中寻找能够安抚它的精神食粮。

因此虽然只有十三岁，但我已经知道自己害怕瓦利的原因——并不是觉得他会来把我吃掉。在小说的弹性空间里，就算我远离它，瓦利的嘴巴也会凑到我面前。让我真正感到惧怕的是瓦利的意图——这种意图距离我更近。瓦利的意图是要将这个世界咬碎、挤破、嚼烂成可以消化的粥糊，而不是触摸、拥抱、拥有这个世界。瓦利通过吃人将这种意图付诸实施几乎纯属偶然。食人是人类对待这个世界最古老、最直接的一种方式，认为一切都可吞食。听过瓦利的故事之后，我便像躲瘟疫般地避开了所有包含食人情节的小说，但这并不是我恐惧的核心原因。这里的"吃"只是一种象征，代表着任何一种摧毁可欲之物的欲望。出于这个原因，我觉得瓦利刺激我产生恐惧心理，并不是因为他象征着我对妹妹恢复健康所产生的矛盾心理，即对她体型变化的恐惧。经过漫长的垂死挣扎，她的生命最终出现希望，而能印证这种希望的却是她体型的剧烈变化——身体像气球一样鼓了起来。这才是令我不安的地方。希望是一种比忍耐更加危险的状态，它出现得如此决然，摧毁了我当初在无望时筑起的内心堡垒。不过，发生变化的并非妹妹一个人。听瓦利的故事时，我正处于儿童与青少年时期的衔接点，原有的欲望开始消退，而新的欲望还未形成，只是模糊一片。随着儿童时期相对稳定的欲望开始在我身上瓦解，我自己藏匿起来的那些恐惧也开始蠢蠢欲动。

我体内的欲望版图开始变化、松动、漂移。我所期望的东西正在经历荷尔蒙的激增，使人头晕目眩。我躺在寝室，半寐半醒，出现在脑海中的是夜幕之下，阵阵海浪催眠式地拍打着一道山崖，月光洒在水面上，与破碎的水花一起摇曳着，似乎要将我带入一片茫然。我全然不知未来会是怎样，只知道它定会到来，并会夹杂着我从未想象过的各种情感。这真令人兴奋。

但当我听到瓦利的故事，一阵恐慌袭来的时候，我开始意识到我的内心仍然存在这种情绪，既未能彻底放下，也没有辨别清楚。我内心的起伏不定让它更加纵容,又或许是我体内荷尔蒙的增多导致它变成了一种新的形态。我惧怕瓦利,并不是因为他是黑暗中的某种力量。**我之所以会突然间感到恐惧,是担心以前被压抑的东西再次涌现,自己新的欲望会吞噬整个世界。我的欲望万一致畸,那该怎么办?** 一个形如怪兽的胖男孩,一张会行走的饕餮大口,这些都是我为自己释放的警告。我害怕变成他。以前我不知道自己想要什么,而现在我知道自己想要的更多,这就是一种恐惧。我的块头的确在变大,感觉自己早已拥有的躯体正在准备向各个方向突破。在我身上还未到来的那种真正的青春期会产生一种史诗般的饥饿感:午夜过后,我会心不在焉地坐在餐桌旁,左手翻书,右手捧着一碗玉米片吃。我吃了一碗又一碗,直到惊讶地发现,我已把一整袋家庭装玉米片吃了个底朝天,两三品脱的鲜牛奶也不见了踪影。我还没有发展到这一步,但是寄宿学校那种常见的吃完一份想再来一份的念头正在向我步步逼近。我记得那年有一天,学校厨房过高估计了所需的布丁数目,结果午饭时我们每人都狼吞虎咽了五份巧克力布丁。

用巧克力布丁填饱肚子与吃人截然不同。那种置身于海洋的恍然之感其实并不可怕,这种感觉似乎恰好与食人族的唯我主义相反——如果我们相信自己是世上唯一的主体,其余的只不过是(可食用的)东西,我们便会产生一种地狱般的孤独感。这种感觉就像我正在四处探寻,希望寻找其他人来做伴,只是我对这个人的定义还十分含糊,还没能清晰勾勒出她的脸庞和体态,她的貌样还只是像海洋一样混沌。但是，瓦利将我推入了一种无人能分担的孤独与恐惧中，我感受到的是一种威胁——刚形成的东西绝不会轻易消散，即使当瓦利在我脑海留下的印象开始大发慈悲地开始消退时，它们仍会留存下来，始终需要我们去面对。

用阅读填满恐惧的洞穴

我本希望此章不以"洞穴"为题。我原以为自己十几岁时,能有足够的勇气去面对内心渴望摆脱的那些情绪。可惜我没能做到这一点。我十三岁之后的阅读生涯并没有遵循一条波澜无惊的直线发展。在我人生的那个时期充满着希望和发现,可每当恐惧袭来,需要我面对之际,我总是将头埋入书本来宣泄苦恼。我将自己的恐惧重新埋于故事之中,但并不是那些让我心生恐惧的故事,而是具有包容性和吸纳性,能够中和一切的故事。**我如饥似渴地阅读小说,希望它们吞没我所有的恐惧。**一直在寻找新的"洞穴"去填满。

对于一个十三岁的少年来说,从书中探寻有关欲望的线索已成为阅读的一个主要目标。我们当时在学校里都这么做。寄宿生可以借阅橱柜里的平装书,管事的人让我负责借阅这件事,他们很清楚,一个拥有华而不实的领导才能的人反而干不好。我当上图书馆员之后发现的第一件事,就是"007"系列小说一旦借出便再无收还的希望。每一本都有去无回,成为一些人的私藏之物。对于这个年龄段的我们来说,与电影不同的是,伊恩·弗莱明[1]的原著小说把邦德世界的所有吸引元素都拼接在了一起，形成了一个诱人与绅士风度交织的幻想世界。肖恩·康纳利饰演的007向我们呈现的是一个拥有柏拉图式理想的年轻人，而罗杰·摩尔展示的是了一个处事圆滑、举止优雅的家伙，但是弗莱明笔下的那个007，展示出作为一个拥有情感的角色的些许特征，所以在《铁金刚勇破海底城》中，他才会真的爱上某人，他来自"苏伊士运河事件"之前的那个黄金时代,这个超越道德、英俊潇洒、手段暴力的英国上层阶级男士手里掌控着可尽情挥霍的财富，他清楚地知道该拥有的最好的东西是什么，以及该如何最恰当地度过人生的各个阶段。假如我们是007，按照《铁金刚大战金手指》和《铁金刚勇破黑魔党》中的描述，我们会身穿萨维尔街定制西服，一边坐在蒙特卡洛的酒店大堂和某位伯爵夫人玩纸牌游戏，一边炫耀从杰明街手工坊制作的衬衫袖口；我们用的手枪应该是一把瓦尔特PPK，它并不是那些粗俗的美国特工所使用的粗糙的杀伤性武器，而是一把被性情温和、穿着体面的绅士所用的工具，用来消灭那些内心毒辣的外国主谋——他们通常都是来历不明、面目狰狞的中年男子，而不是像我们这样的大男子主义者。

这种奢侈生活还有很多方面可以列举，极具诱惑力，持久不

---

[1] 伊恩·弗莱明（1908-1964），英国小说家，因"二战"期间为英国海军情报部门工作，后根据自身情报经历创作出著名的"007"系列小说。

衰。当然，它所宣扬的优质生活标准到了 1977 年已明显变得不合时宜。英国刚被货币基金组织解救出来，那种纾困就像一辆百公里油耗六升的非增压式轿车一样，毫无派头可言。与"斗牛犬"德鲁蒙德一样，小说中的 007 也已被人忘却。但这并没关系：那种奢侈生活并不是为了让我们模仿。十三岁的我们在看书时，并不会想象自己去模仿书中的情节——尽管读书时我们的喉结会激动得上下起伏，脖子后面开始长出一个个脓包。它其实带给我们的是一种更为广义的允诺，告诉我们未来世界对于男性来说定是五彩缤纷，即使和书中过时的描述并不完全相同。**终有一日，我们将会速捷地周游世界。**

从儿童文学到成人文学的过渡

我发现，找到自己喜欢读的书已经越来越难。我逗留在书店里的时间越来越长，经过反复搜寻才能找到一本感觉不错的著作，一把能够解开我心锁的钥匙。假期里，我有时甚至会逛完纽卡斯尔少儿图书馆两手空空的回来。我搜遍了每一个书架，认真翻看了每一本书的护封，热情被不断地浇灭。那些故事所描绘的世界我全都了如指掌，即使有的没有读过，内容也是大同小异。突然之间，一直滋养着我的那个幻想世界变得腐朽不堪，故事主题老套乏味。出现这种情况绝不只是因为过于熟悉。就在一年之前，我还是儿童读物世界的一位资深公民，因此也是那些虚幻场景、森林、岛屿和城镇故事书最为忠诚的消费者之一。作为男孩，荷尔蒙激增的时间要比女孩早一年左右，十一二岁时正好达到一个漫长的平稳和递增式变化周期的终点。童年的早期阶段似乎已变得非常遥远，留下的只是一些家族传奇历史中的画面和闪回。除了这些幼时的印迹之外，我们便会觉得自己从记事起便是这副模样，只不过是每年长高了一点，穿的鞋子大了一点，又在学校升了一级。绝非巧合的是，当我们掌握了一堆足以证明幼年时代已经结束的谈话技巧之时,也是童年时期稳定阶段的开始之际——无论是使用传统的皮亚杰理论来定义,还是使用修正主义者的语言能力观点来分析,其结果都是一样。识字之后,我们便对世界的运转有了自己固定的预期,也就进入了皮亚杰所称的"具体运算思维期":只要世界上的人和事能以具体例证或情境的形式呈现在我们面前,我们便能理解它们所经历的出现、消失、逆转、替代和逻辑转换。或者它们会以小说的形式出现:对于通过思考一系列发生的事情来运转的大脑来说,接受故事中的事件编排易如反掌。**我对书籍的痴迷建立在认知的基础之上。**

1. 阅读经典佳作

现在的我虽已拥有成年人的躯体,却是最为低级和笨拙的;自己的认知也开始发生变化。我已达到了无比珍爱的儿童读物能为我开阔眼界的极限,但对此我丝毫没有察觉。这并不是说它们对我已毫无价值,彻底完结。当然,我并未尽览所有的儿童文学作品,也未认全童书作者所创造的所有人物角色。但是,已没有什么发现能够顺理成章地拓展我的想象力,就像必须了解的异邦趣闻一样。《纳尼亚传奇》仍然摆在那里,有时想起时我会怀旧似的翻上几页,回味最初那种怦然心动的感觉。但是,曾经给我带来震撼的那些语句已逐渐失去感染力;《银椅》和《黎明踏浪号》对我来说再也没有新奇之感,因此也被我剔除了"重要书籍"之列,被贬到了"旧爱"一级。我必须为自己寻找"新宠"。

在心理学中，类似于这样的阶段被称为"精选"。 当一个人大脑中的知识系统达到饱和，一切都已穷尽时——比如我十三岁时能从书本学到的知识就属于这种状态——我们所能获得的只不过是对已知知识的进一步巩固，这时我们会面临两种选择：第一，通过改变这个知识系统的基本原则和整个范式，完成对它的模式再造；第二，将这个知识系统横向扩展到新的领域，并采用同样的方式来运作，完成对它的模式链接。

在十三岁的年龄进行阅读模式再造，便是跃身进入成年人的阅读世界。这其中的一个切入点便是阅读经典。 可供成年人阅读的书籍浩如烟海，其中一些已经过岁月的考验和筛选，成了经典名著。它们通常会被摆放在一起，给人一种井然有序和安心落意的感觉，比如书店中一整排的橙色"企鹅图书"，或是纸箱上堆放着的"人人文库图书"。这个国家到处都有沉睡着的书架，上面摆满了上一代人挑选出的标准版经典著作，等待着一个无聊的十三岁少年去吹去浮尘。踏入这个世界，已无法从《纳尼亚传奇》获得满足的我们便会将目光抛向《简·爱》。小说呈现的世界变得更为复杂，等待着我们步入其中。突然之间，我们的内心会再次被磨难与充实所包围；我们从一种油尽灯枯迈入了一片生机勃勃，一切举止和意图都有待我们去重新发现，就像从自己刚刚长成的青春之躯中寻找新的存在感。这里的情感再次变得起伏不定，因为所有求爱方面的经典小说作家——简·奥斯汀——描述的都是人们饶有兴趣地相互周旋，试图探视对方的心意，根据举止彼此猜测，就像我们在现实世界辨别一个人能否委以欲望、情感和信任。这时我们会产生一种似曾相识的感觉，开始琢磨那些书面语言时，我们会发现自己只能理解其中的一小部分。不过，这已足够让我们陶醉，吸引我们去追踪其中的情感线索，就像我们从开始几页读到的只言片语已足够让故事在脑海中拉开帷幕，自己的理解即使千疮百孔也毫无关系。事实证明，成年人的情感系统同样异常强大。我们可以一目十行，但同样能抓住主题，<u>丝毫不影响阅读</u>。读着《傲慢与偏见》，我们会由开始的不知道该不该嘲笑书中的柯林斯变成确信无疑的嘲笑；我们能从书中解读简·奥斯汀对欢喜结局的看法，探究她对俗世中的人间真情抱有何种期待，让爱在男女平等中得以开花结果。然后再看什么呢？或许是托马斯·哈代的著作。他笔下的人物总生活在暴风骤雨式的情感世界中，就像勃朗特笔下的人物一样，区别在于哈代的作品还包含着一种可怕的宿命论，仿佛一种类似于地心引力的力量使得事情骇人听闻地恶化下去。打开书页，裘德发现孩子们都已钻入自制的套索，死去了。再往后是狄更斯的作品，牛尾汤一般的褐色城市中闪烁着种种情绪。这一类作者还包括亨利·詹姆斯、斯科特·菲兹杰拉德、托马斯·曼，等等。这是一个崭新的世界！

　　<u>这是一条通往成人文学世界的道路，不仅出色和可靠，而且久经考验</u>。许多如饥似渴的儿童都选择了这条道路，并成功转化成了嗜书如命的成年人。或许这种方法对女孩格外有效。维多利亚时代的小说在 19 世纪末开始趋于男性化，但在此之前，它被

公认为是一种女性作家所擅长的文学创作形式，在当时从女性视角展开探索占据着核心而恰当的地位。世界上还有许多书籍也被标榜为"经典"，但要求女性读者进行一种思维转换，暂时以男性的视角进行阅读，因为故事的讲述者认为自己的目标消费者都是男性。19 世纪的经典准则与此不同。对少女来说，她们读到的伊丽莎白·班内特、简·爱和多萝西亚·布鲁克并不是男性眼中那些纯粹的女儿、姐妹或情人。**她们是另一种可能的自我，能与不同历史时代的女性读者直接展开心灵对话。**反常的是，与系统性地遗忘了大部分女性作家的 20 世纪文学作品相比，从英国的传统经典中更容易找到立体的女性自我形象，这种局面直到 20 世纪 70 年代末至 80 年代初才开始得到维拉戈现代经典的纠正。也许现在刚刚告别儿童文学的女孩，既可以去拜读安吉拉·卡特、罗莎蒙德·莱曼和安东尼娅·怀特的作品，也可以拜读乔治·艾略特和夏洛蒂·勃朗特的著作。

不过这种"精选"杰作的方法同样适用于男孩。一旦开始迈入新的阅读阶段，成人小说那种复杂的似懂非懂似乎与自己（无论男女）新培育出来的注意力更般配，这一点儿童文学作品望尘莫及。回顾来看，儿童读物的故事情节似乎建立在玩偶世界，那里的空间狭小，想象力全被局限在几个主题之间。当然还存在一些人，对他们而言儿童文学只是一个不愿涉足的狭小空间，他们与小说结识的起点早已超越儿童文学。我有几个作者朋友可以说是"文人"，比我更精通文学，他们到了青少年时期才开始阅读

The Child that

小说，年龄大概在十五六岁时。这些人为了考试而接触到的范文，成了他们进入小说世界的敲门砖。《匹克威克外传》《了不起的盖茨比》或是《一位女士的画像》帮助他们明确了对小说的认识，了解到了小说的作用。他们这个起点非常不同，并确定了未来要满足青春期需求的阅读方向：尝试着迈入成年期，尝试着面对各种复杂性。对他们来说，书籍全然没有了儿童时代读书所能获得的那种舒适感。甚至对那些读完《燕子号与亚马逊号》和《我的朋友弗利卡》之后再也不会将它们捧起来的人说，他们的心灵深处仍会留有这种舒适感。他们个人的阅读体验都是形成于考试之前的一个夏日周末，他们坐在卧室复习功课，看着一只绿头大苍蝇拼命地撞着窗户，然后发现书中的主题、情感和思想混合在一起，慢慢渗入了自己的脑海。它们不是需要我们进行解答的烧脑的东西，而是他们独立想要和拥有的东西——一座主题鲜明的雕塑，它取材于各种各样的现实，并使用自己的模式描绘了一个更丰富、更微妙、更真实、更多样化的人生，甚至超出了他们的想象。长大以后，他们会读福楼拜的作品，欣赏其中的涩味文调；或读普鲁斯特的作品，为他的无穷智慧连连喝彩。但是，他们对于故事本身几乎没有兴趣。他们不会因小说情节与自身经历不同，而努力从中寻找能够带来满足感的愉悦。当我们与这些人一起度假时便能一眼辨出。他们对机场书店中的惊悚小说毫无兴趣，因为他们早已随身带来了一本棋谱、几本拉康的著作，以及准备读第四遍的《董贝父子》。

我也曾尝试过阅读经典，真的试过。但对于渴望故事能带来触电感觉的人们来说，维多利亚时代的作者依照自己的兴趣，使用精致语言打造出的丰富观念过于干涩。我从家里的书架上翻出《米德尔马契》和《巴塞特郡纪实》，但只读了几章就放弃了。我直到二十来岁才第一次捧起《简·爱》，一种相见恨晚的感觉顿时袭来。但事实是，当别的小书虫已结识夏洛蒂·勃朗特的时候，我却拒绝相信在我看来过于正统的维多利亚时代文学含有任何阅读价值。也正因此，我将目光投向了图书馆成年读者专区的现代小说。勒卡雷等人的著作给我留下了深刻印象，但绝大多数书籍所遵循的奇怪规则让我倍感迷惑。就拿书名来举例，一本儿童文学若是以《蓝鹰》为名，其内容必会有一只蓝色的老鹰，利爪阔翅，眼光犀利；若是以《危险降落》为名，那定讲的是一次危险的降落历程：两名身穿降落伞的二战飞行员被困在沙漠，一不小心从一个洞口落入地下通道，穿过竖洞和陷窟后最终在一个地下王国着陆，发现那里生活着某次船难幸存者的后代。简单直接，一目了然。与此相反，成人文学作家似乎缺乏按情节为书起名的天性。比如翻开《旅途之中》，我们看到的只是纽约州的一群学者坐在一起高谈阔论，他们动身去旅行了吗？根本没有。翻开《半人马》，里面也找不到人首马身的怪物，那只是一种充满血腥的隐喻。

成年文学作家对自己笔下的人物都会保持一种奇怪的缄默，这同样让我感到困惑。没错，他们的确描绘了这些人物，但到底谁善谁恶？我该如何评价他们？我早已习惯了虚构文学所特有的评判结构,能让我们在品读故事情节的同时获得一种直接的道德体验。我渴望拥有这种向导。我一直以为,阅读本质上就是一种交易:我们暂时停止自己的判断思维,交由作者替我们评判,向我们展示一种笔下人物的互动模式。对我来说,故事的意义就在于人物角色能够完全暴露在眼前。作者要能凭借自己与人物角色的亲密关系,为读者揭开他们的面纱,或者说,让他们转过身来,供读者看清他们的道德面貌。突然之间,我发现文学世界现在要求我去弄清这些人物角色,就像辨识现实生活中偶遇到的真实、有趣的陌生人一样。但我从来不会研究陌生人,这也是我爱看小说的原因!相比于我早已熟悉、现正离我而去的儿童读物,成人文学的结尾似乎太过开放。我读上几页,却根本探知不到线索,感觉不到它的主题,感觉不到故事情节的发展变化,因此也没有了继续读下去的迫切感和特殊理由。当然,重新调整思维和迈入成人小说世界的过程本身就意味着要调整方向,在阅读的过程中重新关注那些更微妙、更广泛、更具决定性的线索。作者在为成人文学注入主题思想的同时,还期待读者能主动参与进来,自己作出判断。没有哪本书的结尾是完全开放式的。解构主义告诉我们,虚构文本不管将网张得多么大,终究只是一个封闭系统,可能的情节诠释都受到了严格限制和管理。但是,一类是具有明确的故事形态且遵循明显的外部规则(比如结尾总是皆大欢喜)的小说,另一类是充分利用小说巨大的形态自由度来体现作者对素材内在秩序的感知的小说,它们让读者产生的感觉还是存在巨大差异的。当时的我还不愿去发现成人小说的这种特定形态，也或许是当时还不具备这种能力。我仍然离不开固定的文字构架，仍然需要儿童文学的那种明确框架。

因此，现在当我面对精细选择时，我挑选了桥接的做法。这意味着我要将阅读延伸到新的主题，但不改变它的属性。**我开始寻找那种采用旧方式谈论新事物的书籍。**可供选择的范围非常小。如果我能晚生十年，可选的对象会多很多。20世纪80年代曾集中涌现过一批专门针对青少年读者的书籍，它们具有儿童文学叙事的明确性，旨在引导"年纪尚小的成年人"逐渐脱离儿童读物，非常适合刚迈入青春期的读者。我本可以读到辛西娅·沃伊特讲述蒂尔曼一家故事的系列小说，讲一个贫苦的白人家庭生活在切萨皮克湾边缘地区的故事；或者新西兰小说家玛格丽特·梅伊的那些极具勃朗特风格的超自然惊悚小说《变身》《魔法师的接班人》和《骗子们》。她描绘的家庭生活充满了优雅、诙谐的现实主义，会让我们觉得自己整体上变成一个更加善于观察的人。

2. 阅读冒险小说

可惜的是，大部分情况下我只能找些007之类的冒险小说来看，那种模糊的男性化认识介于少年和成年之间。我读的小说都是专为男孩编写的，主人公是成熟的男性，他们的思想对于十三岁的男孩来说丝毫没有认知方面的困难，比如劳伦斯·达雷尔的间谍小说《西伯利亚上空的白鹰》。我读那些理论上是为成年人编写的故事,不过那些成年角色所做的事情放在寄宿制男校的背景中也能成立,比如《逃离科迪斯》。我这个年龄读比格斯的小说已显得太晚,他描述的冒险故事始终缺少成人的处世之道。我们简直不敢相信他已是个成年人,一点都不像。但是,那些以英国皇家飞行员之类的人物为主角的平价读物中,类似他这样的作者层出不穷。故事中的这些主角开着跑车从机场疾驶而去,去与某个美人约会。还有一位名叫汉斯·赫尔穆特·科斯特的德国小说家,他的作品常会把我们带入另一个战争世界,那些名叫鲁迪的国防军新兵集聚在这个肮脏之地,四处寻找啤酒畅饮,寻找暖和的地方睡觉。那些阅读口味比军事冒险故事更重的同时代人可以选择斯文·哈塞尔。还记得他吧?他的小说都是像《闪击冰冻战》之类的标题来命名,封面上都是相貌恐怖、目光凶恶的德国大兵。

我经常会赶上好运,碰到一本能令自己赏心悦目的成人小说。讽刺作品尤其适合我的胃口。如果作者希望读者认出正在犀利讥讽的人物品格,从而产生一种意想不到的愉悦,他便会设计一条贯穿作品始末的情感脉络,提供一种像阅读儿童文学一样的路标。我发现《美丽新世界》和《1984》都有一种似曾相识的感觉。我对阿道斯·赫胥黎在讽刺未来时所描绘的充满激情的战前场景一无所知;奥威尔笔下的集权主义我也是第一次听说,他让讽刺完全占据了支配地位。但是我知道自己在此类小说中的位置，相信这些作者能将我引领到他们尽情表演的舞台。我打开《1984》，读道："那是四月里的一天，天气干冷，所有钟表都敲了十三下……"啊哈，我想，这就对了。当读到那段非常有名、令人兴奋但又略显残酷的结尾时——温斯顿·史密斯历经磨难和老鼠的恐吓，听到广播中一段毫无意义的胜利捷报后开始流下快乐的眼泪——我感觉自己完全是按照奥威尔的指引，经历了一场刻意设计的情感起伏：排斥、着迷，以及面对全无希望的结局时产生的无可争辩的确凿的愉悦。"他花了四十年才看到了黑色大胡子所掩盖着的笑容的模样……但是没关系，一切还好，战斗已经结束。他战胜了自己。他热爱老大哥。"这一刻就像一顶罩在小说头顶的黑色王冠，恰如其分地概括出了奥威尔的本意。

在越来越贫瘠的"写给大孩子的书"的土地上，我仔细搜寻，的确也发现了几件珍宝。比如，"变化"三部曲的作者彼得·犹金森另著的《埃玛·塔珀的日记》便是其中一件。这部作品被拍成了儿童电视剧，我们这代人总能记得它那令人惊恐却道不出缘由的片头：镜头剪切中的火车一动也不动。表面来看，《埃玛·塔珀的日记》符合冒险故事的创作原则，苏格兰湖里住着恐龙，维多利亚时代的一位古怪科学家还发明了一艘潜水艇。但实际上，这本小说其实在更大程度上关注了一个学习陌生社会环境处世法则的人。主人公埃玛呆头呆脑，与我的年龄相仿，去和一个苏格兰贵族家庭共度暑假。这个家庭的孩子都接近成年，总爱随心所欲地像成人一样消遣时光。他们既爱炫耀又爱幻想，经常打闹，有时还会带上埃玛一起。她静静地观察着,并喜欢上了他们,在脑海中反复琢磨着他们。读完书后,我发现自己思考更多的是这个贵族家庭及其谈吐方式,而不是恐龙。此外,我还非常欣赏简·加达的《远离维罗纳》。这本小说情节紧张,讲述了二战时期在泰恩赛德教会之家长大的一个小女孩的故事。这是我读到的第一本第一人称小说,它真正使用了某人的说话声音来表达幽默,某人的性格来填充一系列事件,而不是像许多为儿童编写的历史小说那样胡编乱造。此外,它还探索了人们如何表达或掩饰自己内心的微妙之处。

> 关键之处在于——三个部分。即:
> 我不太正常。
> 我人缘不好。
> 我能说出人们的想法。
> 或许我可以加上几点:
> 我心里绝对藏不住事,因为——
> <u>我绝对是永远都讲真话。</u>

简·加达笔下的女主人公杰西卡·怀尔总爱和老师作对,并爱上了一个穿着时尚的酷似鲁珀特·布鲁克的人,但他们俩无论如何都不合适。她对待每件事情都极其严肃,让朋友们感到无所适从。对此,她自己也是非常尴尬,内心备受煎熬。我对她的话极为赞同。以前我也曾希望能置身于小说之中，但她是第一个我强烈希望在现实中存在的角色，与我生活在同一个世界，这样我就能有缘与她相识。与《埃玛·塔珀的日记》一样，《远离维罗纳》也为我提供了一个窗口，让我能以自己可以控制的方式去了解成人世界，探索对众人的无限好奇。巧合的是，这两本书的女主人公都是十三岁，与我同龄。对于她们俩，对于她们生活的那种真实感，我感到了一种恋爱之前的兴奋和经历之后的惊讶——在这个世界，我曾迷恋的女孩竟是和我一样坐椅子、刷牙，好像她们并不知道自己是女神，不知道自己的举手投足都是那么撩人心弦。她们既是人，也是女孩！

但除了这些偶尔收获的珍宝之外，我仍需花费越来越多的时间在图书馆搜寻自己想要看的书。这个逐一筛选的过程犹如大海捞针，倒让我想起了居里夫人发现镭的故事——多年前，我曾读过一本写给大孩子看的居里夫人传记。她发现在一种叫作沥青铀矿等工业废料中存在一种微弱的放射性痕迹，便让几家工厂将这种废料运过来，堆放在巴黎的一个废旧煤场。然后，她将这些沥青铀矿放入巨大的圆罐中进行搅拌，从一吨又一吨的黑色烂泥中提炼出一克闪闪发光的镭。

3. 阅读科幻小说

就在这个时候，我发现了天赐之物——科幻小说。当然，从某种程度来说，所有的类型文学作品都与儿童文学的受控世界存

The Child that

在异曲同工之妙。随便拿起一本爱情小说、西部小说、惊悚小说、沃德豪斯类喜剧小说、恐怖小说或侦探小说，翻看之前看过的小说，我们就能猜到即将到来的阅读体验。类型文学作家的工作，其实就是满足读者内心至少已形成一半的阅读期望。类型文学甚至还能帮我们回味一种传统，即书名必须具有情节描述性，甚至是一种作者无力打破的契约。(《交给史密斯》中必会出现一个名叫史密斯的人物;《沉默的羔羊》中一定会在某个地方出现羔羊，无论它们代表着怎样切合的隐喻;《东方快车谋杀案》中也绝对少不了一辆驶往伊斯坦布尔的火车。)因此，或许我也可以从其他可预见阅读之乐的类型文学中获得同样的满足感，但让我摆脱无书可读的窘境的却是企鹅图书专为"大孩子"出版的那些科幻小说，比如，约翰·克里斯托弗的"三角"三部曲和罗伯特·海因莱因的《银河系公民》。在海因莱因"青少年"系列(他的童书被打上这样的标签，不太顾及读者的自尊心)的引领下，我开始涉猎他的其他著作，然后又去搜刮图书馆中的成人科幻类书架——最初，假期期间常去斯塔福德郡公共图书馆；然后，在我十四五岁来到伦敦读寄宿学校时，我常去位于彼得大街的西敏寺市议会老图书馆的一座分馆。那是一座老式的公共图书馆，流浪汉躺在阅览室里打瞌睡，球形吊灯有气无力地给大厅涂抹上了一层黄色油光——外面即使是六月的艳阳，屋里似乎也永远都是冬日的黄昏。我一本接一本地翻读着书架上的格兰茨出版社黄皮精装科幻小说，想给自己补全科幻小说自20世纪40年代黄金时代以来的整段历史——海因莱因和阿西莫夫，布拉德伯里和阿瑟·C.克拉克，安德烈·诺顿和詹姆斯·布利什。我的阅读世界再次焕发活力，到处都是生机勃勃。

能够恰当描述我当时内心喜悦的，当属二百年前华兹华斯为感激自己十四五岁时读到的通俗文学，而在长诗《序曲》中写下的几行颂词[1]。

> 敢编敢造的梦想者，
> 哲学家说我们无教养，但儿时的
> 我们感谢我们——骗子、呆子、
> 昏言的老伯；我们联合了何等
> 伟大的神力，使我们的心愿成为
> 力量，思绪成为功绩、财富、
> 帝国。我们使唤着时间、四季、
> 所有的才能与学识；大地俯首称臣，四大元素是
> 我们手中的
> 陶土，太空则是我们眼前的
> 光幕，无处不在，从脚下到无极。

当然，华兹华斯当时读的不是科幻小说。对于18世纪80年

---

[1] 译文引自《序曲或一位诗人心灵的成长》，中国对外翻译出版公司，1999年。——译者注

代的青少年来说，廉价的爱情小说和哥特式怪谈才是他们钟情的读物，书中描写的都是年轻的主人公冒险探寻巨钻，或疯僧在无限延伸的地牢中——就像皮拉内西设计的镜子屋——咯咯发笑。不过，我们这两个时代的类型文学作品都拥有同一种让年轻读者由衷表达感激的品质。

也许"进化论"——即成年人所说的、当时我们根本不愿意听的每一句充满理性却傲慢无比的话语——说得没错：许多当初让我们满是欢欣的小说，其实都是胡言乱语、低级无趣和"没有章法"。（最后这条罪状充满讽刺意味，"没有章法"的类型文学作品往往会不切实际地遵循可靠的准则。）如果当初能用一种严厉的批判目光来审视自己的读物，相信我对上述缺点也不会否认。有些小说简直就是粗制滥造；有些的确存在个别的亮点，某个想法或创意会让人眼前一亮，但剩余部分只是支撑这个亮点的脚手架；还有些纯粹从完整性来看属于"好书"，这只是因为它们能自圆其说。但那又怎样，谁会在乎这些？出色的著作通常都存在一定程度的自我否认。为让虚构世界显得真实，这些作品在描述时都显得十分克制，它们会按一定比例来编造事件，并使用概率进行约束。站在人生的另一个时段来感受现实的局限性和约束性，是小说能带给我们的一种最大释放。这种释放有助于我们大胆地对自己展开探索和认知。但在十四岁时，我最终将不得不适应和尊重模糊不堪的性格维度，而生活所受到的限制却十分清晰。授业解惑的书籍只会不断把我送回原点，庸俗不驯的书籍却能让我们眺望陌生世界。<u>**这些书籍不拘泥于严谨和框架,为想象提供了沸腾与探索的机会;它们能提供一种现实无法给予的时间、空间、国度和力量,供我们满足自己的愿望;它们脱离现实的那种天马行空,会直接变成我们内心的自由自在;它们能让我们眼界大开。**</u>

有时候,能让我们获得这种眼界的是超越现实的英雄事迹。科幻小说中到处可见具有超能力的人物角色,有的会在颠覆时空的千钧一发的时刻出现,他们举手投足之间便能改变数十亿人的命运。这些近乎于神的本事对十四岁的青少年极具吸引力。当我还不确定自己是否拥有某种能力——哪怕是寻常的自我决断能力,超能力就显得尤其吸引人。我也知道,梦想着成为上天选定的幸运儿,成为宇宙王座不为人知的继承者,或成为高科技道场中身手超凡、一鸣惊人的武士学徒,纯属一种赤裸裸的幻想。尽管如此,这种幻想夹杂着一种不加掩饰的美好,只能让我短暂陷入自我满足的幸福之中。我正在尝试一种可超越普通成年人的眼界,提高自己目前的认知水平。从某种意义上讲,在人生的这个阶段把自己想象成为英雄而非成年人会更加容易;也更容易将自己想象得像英雄那样自由自在,哪怕将书放下之后发现自己仍是那个(借用朱利安·巴恩斯对青春期的描写)"部分自愿、部分赞成、部分被命运选择的生灵"。华兹华斯偶尔也这么做过。他在将自己塑造成为诗人的过程中拜读过米尔顿和莎士比亚的著作,但在想象成为法国最为出色的剑客时也迷恋过杜巴塔斯的作品。就我而言,当我想象着在后院建造一艘宇宙飞船,然后飞向月球与纳粹作战时，我就会去读《伽利略号火箭飞船》。这是儿童时期憧憬自己无所不能的某种再现吗？是哭哭啼啼、蹒跚学步的孩子想要主宰万物的要求吗？不完全是。我们人生早期阶段的一些东西会再现，但其意义已截然不同——背景已发生变化，现在已到达螺旋上升阶段的一个新台阶。这一次，我们通过小说依稀瞥见的那种能力与过去并不相同。

对英雄产生一种简单的认同感，只是科幻小说是一个作用，或许还是个无关紧要的作用。众所周知，乔治·卢卡斯创作《星球大战》时，基于的理论是科幻小说只不过是披着现代外衣的神话。卢卡斯所崇敬的人类学导师约瑟夫·坎贝尔也分析指出，天行者卢克只不过是一个古老而普遍的英雄的全新化身，那把光剑则是英雄原型之剑的升级版，R2D2 和 C3PO 是英雄身边同样不可或缺的搞笑朋友，只不过成了机器人。当然，卢卡斯的部分观点肯定是正确的，而这不仅仅是因为他的成功已被票房收入所证实。就阅读而言，从儿童文学发展到科幻文学非常容易，这是因为科幻小说同样遵循古老的、早已深深根植于我脑海的情节法则。我仅读了几本科幻小说便很快发现，当我将它们归结至情感基础时，其中大部分的故事都似曾相识。它们使用的场景如同人类讲述故事一样古老。海因莱因的《银河系公民》是从外星球的一个奴隶市场起笔，但其实讲述的是孤儿流浪记。《拉达的背叛》是一部关于原始氏族的遥远未来的小说，讲的却是一位忠臣骑士从背信弃义的摄政王手中救出幼王，一路得到了公主相助，两人最终还喜结连理的故事。事实上，与神话或童话故事一样，这些情景的引人之处并不是笔触细腻的人物描写或具有挑战性的情感逻辑，而是它们具有强烈、简单的特性，十分容易理解。

不过，当初翻开《拉达的背叛》时，我感觉其情节并不怎么熟悉。它的故事冰冷而独特，让我爱不释手，但从没听别人提起过它。作者罗伯特·吉尔曼采用了传统的银河帝国毁灭的情景设置（这种情节实在老套，几乎都长出了长长的白胡子），并且设想了在那之后的黑暗时代——如果帝国战舰坚不可摧，且有一位查理曼大帝式的人物——他既不懂得该如何着手，也不知道星球之间的距离究竟有多远——尝试复兴帝国的话，情况又会如何。故事情节并没有什么特别之处，但在吉尔曼的笔下却变得生动而具体，充满了蛮荒之味：那里的墙壁表面覆盖着盐层；士兵被称为"战争人"；长达一千米的巨大宇宙战舰在夜空中散发着光芒，被用来向敌军投掷石块；咏唱和竖琴的旋律还保留着科学的残余。他让我见识到了钢筋水泥和玻璃幕墙筑起的现代都市难以形容的衰败，最终被人遗忘；哈德逊河岸边堆起了一层层比特洛伊城还要厚的废墟，纽约变成了河口处的一个丘顶堡垒。正是他的这本书，让我对未来几个世纪产生了一种眩晕之感。他给我的脑海塞入了新的画面，却像龟裂的混凝土块，到处都是锈迹斑斑和隆隆炮火。所有这些都与神话故事的通用特性没有关系，绝不是用激光反复上演的《吉尔伽美什史诗》。

即使乔治·卢卡斯说的正确，但对于大多数科幻文学作品

（相对于科幻电影）来说也是无关痛痒。许多科幻小说选用的故事情节简单而老套，这并不是因为它们在人类情感中占据着亘古不变的位置，而是科幻小说中的情感状况并不一定是人们的关注焦点。科幻小说并不急于催促我们对主人公产生认同，它们所含情感往往冰冷或冷酷，只想为我们提供一系列动态画面。在《拉达的背叛》的第一页写道："巨型战舰的内部非常封闭，一片朦胧，仅有的光线来自于健身球形火把和灯笼。这里以前也有不需要火的光源，但生命保障系统早已失灵。战舰深处的舱室已变成了安置战马的马厩，里面的操作系统也已损坏。"这艘星际战舰居然要靠燃烧的火把来照明！我暗自寻思道：可以这样写吗？允许这么编吗？

　　《拉达的背叛》留给我的感觉错综复杂，绝非某种情感可以概括。它将情节、基调、观点和画面融合在一起，是各种思绪的累积：被笨拙运用的巨大能量，夜袭失败的愚蠢敌军，吉尔曼的气氛描绘，以及他为了让我们感受那难以理解的碎片文化而在每章开头引用的零碎语句。C.S.刘易斯曾在一篇文章写过自己儿时对"红皮肤"的兴趣，那是他从《最后一个莫希干人》获得的复杂感受——这种感受在情绪上完全有别于其他表面看似相似的危险和冒险故事，比如海盗故事或者寻宝故事。这是同一种现象，只不过科幻小说每次都可能带给我们一种全新的融合体验，就像万花筒一样五彩缤纷。每次阅读海因莱因的著作，感觉都像有个来自圣路易斯的狗皮膏药贩子在跟我们喋喋不休，他脸色红润，稚气未脱，兜里揣着一把量尺，许诺只需五块钱便能把我们从美国中西部送入银河——那感觉就像马克·吐温身上的某种天赋偷偷跑了出来，独自开创了新的事业。而每次阅读克拉克的作品，我们看到的都是朴实的木工手艺和壮丽的画面。科幻小说之中会发生一种组合式爆炸。这种体裁打破了可能发生情节的束缚，任何一部作品都具有这种特性。

说到底，这些都是关于在想象中的时代、在想象中的地方的想象中的人们的故事；作者可以自由设计故事情节的陌生感的程度，或将陌生感与熟悉感进行任意组合。小说为读者打造的松散空间在此转化为了真正的空间，比如，外层空间、恒星与行星。即使故事情节的情感核心极其感人，让我们对某个角色产生了强烈的认同感，我们仍可自由选择自己的视角，把自己想象为一个漂浮不定、无相无形的精灵，在变幻莫测的小说之海中任意游弋。这个时候，故事只需在情感层面编得足够出色便可得到我们的认同（大部分都是如此），空间设计的种种可能便不受拘束了。一切皆有可能。我们可将注意力关注在一个病毒之内，让城市的车水马龙任其扩散，最终膨胀到星云般大小；我们可将注意力圈定在未来与过去之间，多次围绕一个死结探索"时间旅行"的驳论；相比于人物角色，我们可更多地关注某种想法；我们可任由北极光（华兹华斯曾用它来比喻阅读时的心灵之光）之类的虚无形体包围自己。每当我步入阅读的世界，彩色的空气幕布便会不断起伏，构成崭新的几何图形：我瞻之在前，忽焉在后，我杳无踪迹，又无处不在。

这种体裁在最极致的情况下会达到这样一种状态：所讲述的故事不再与人有关。这乍听起来有些奇怪，但的确如此。一些短篇科幻小说中，人类在某些有趣的天体力学概念中只不过是一些摆设，而20世纪40年代"黄金时代"[1]的科幻小说尤其如此。太空故事中充斥着不计其数的星球和宇宙战舰，即使使用圆圈和箭头来代表战舰船员也无伤大雅。人类在宏伟场景中会显得极其渺小。克拉克的《与拉玛相会》中，圆柱形的外星飞船长达五英里，作者对它施用的笔墨超过了书中其他任何一个人物——他们几乎成了一种残留的角色。故事一旦引入了地理时间或宇宙时间的概念，人类在以铢称镒的强烈对比下更会彻底消失。或许这种从百万年视角来审视人类生命带来的感官冲击，应被视为科幻小说在重塑认知方面的一个战利品。这类似于，当我们考虑进化史，发现数千年的自然进化过程所孕育的人类社会实际上是一场以自我为中心的幻觉，实在是沧海一粟，不值一提，却被我们误以为关乎整个宇宙，我们只得埋首再去修改参考点。

心理学家皮亚杰曾分析过在人生当中的这个特定时期，带着这样一种抽象效果去阅读小说。他指出，这个特定时期的我们已经学会如何处理抽象概念，从而掌握了成年人的理性思维方式；

---

[1] 1956年7月，埃及宣布把英法掌握的苏伊士运河公司收回。英法帝国主义为了重新霸占苏伊士运河，伙同以色列于同年10月底发动对埃及的侵略战争，最终以失败告终。苏伊士运河事件是英国殖民史的重大转折点，标志着日不落帝国的时代一去不复返。

我们不再需要逻辑运算，比如通过具体实例来剖析"类包含"。八岁时，我们还处在"具体运思"阶段，如果遇到一个涉及十位车主的问题，我们定会先在脑海中将他们的形象勾勒出来，充满好奇地为他们设计十个不同的鼻子和喇叭裤。而现在，我们懂得了所有这些都无关宏旨，我们只需想着"十位车主"即可，甚至是十个X。我们能透过实例中的差异和不规则性来发掘背后万古不变的原则，找到它们共同的核心观点。当然，运用这种新能力本身也是很愉悦的。这能大大地让世界变得更容易掌握，让我们对它更加熟知。

但在现实生活中，**我会尽量躲开那些视永恒如同儿戏的科幻小说。对我来说，思想和情感之间必须保持一种平衡**。作者可以按照自己的情景喜好将一部小说写得"不近人性"，但必须保留一种类似于人们熟悉的时间尺度的东西。如果几十万年的时间可以一晃而过——比如在此类故事的开山鼻祖《时间机器》中，时间旅行者看着昏暗的红日之下，最后一个地球生物死在一片毫不起眼的沙滩上，而那里曾经矗立着奇蒙德山——我阅读时某些关乎我的尺度的必要信息就塌陷了。诸如此类的故事更为急迫表述的是死亡的观点，而非人物。它们直接将我带到了一条鸿沟面前，整个世界被它吸走，世间万物无论虚实都将随着时间的流逝消失在这个空洞之中：婴儿、洗澡水、妹妹。最终，无法想像的是，还有我自己。

不过，所有这些书全然不像"纳尼亚传奇"系列那样让我爱

The Child that

不释手。虽然最初读书时渴望自己能够"身临其境"的激情已逐渐消退，但它仍是我最为渴望的一种情感——在我看来，这就是阅读能给我们带来的最大收获。科幻小说能让我兴致勃勃，让我开心快乐，偶尔还会吓得我魂飞魄散。有的时候，它还能让我内心涌起一阵真正的惊喜。雷·布拉德伯里使用的韵律无比生动，遣词造句充满新意，堪称是"科幻小说界的杰拉德·曼雷·霍普金斯"。他的《火星编年史》向我展示了一座建在红色运河堤岸的水晶屋，《华氏451》又将我带到一块电视幕墙之前，它终日吟唱着无聊之词，就像一枚巨大无比、回荡着整个海洋声响的贝壳。但是，我并没有就此认为"这正是我当初需要却没有意识到的东西，是我内心从一个未被觉察的地址发来的信息，是我生命的一部分将要留存的地方"。不过，从20世纪60年代末开始新一代的科幻作家相继涌现，为海因莱因、阿西莫夫、克拉克、布利什和布拉德伯里建造起来的通俗科幻小说万神殿补充了新鲜血液。相比之下，他们在人物塑造方面更有野心和抱负。其中一位便是厄休拉·勒古恩，她的名字我早就知道，这要感谢她专为儿童创作的"地海传奇"三部曲。这些书文笔出色，容易让人产生共鸣，但当时只能列入我的次级最爱书作，因为我那时更为钟情通过一扇门便能走入另一个世界的题材故事。十五岁那年夏天，我回家过暑假，总爱在纽卡斯尔的图书馆四处觅宝，偶然间从成人科幻小说区域发现了她的《黑暗的左手》。它是再普通不过的图书馆装订本，既没有防尘封皮，也没有内容简介。

我还记得自己曾站在雨中，等待那辆旧巴士将我载到山上的大学，心里感到满足——接下来的二十四小时，我再也不用发愁该读什么书了。真是时光飞逝啊，我不禁发出了成年人的感慨。想当初，自己七岁时也曾每天走这条路，而此时的我已与过去大不相同：个头已长到六英尺，身上穿着乐施会拿来的厚外套，锁骨长得就像一个被吞下的晾衣架。公共汽车来了，还是制陶小镇的那辆绿色单层巴士，我坐到车后的一个座位上，车轮上方的位置。汽车引擎重新发动，底盘的震动一直传到我的腿上，膝盖也开始剧烈抖动，但对此我全然没有在意。近来，我新长成的这副身躯已经习惯了各种间歇性的蜂鸣、跳动和抽搐。新长成的神经会自动"开火"，肩膀会无助地抖动，脚后跟也会痉挛般地踩踏着地面，就像印尼瓜哇岛的舞者故意快速地甩动身体一样，这在医学上被称为"阵挛"。此外，我体内的血液似乎还没有完全适应更长的循环距离，我每次突然站起就会出现大脑供血不足，好一阵子视线都会模糊不清，只剩下奶白色和灰色的线条在眼前跳动，就像一块不怎么好看的塑料桌布上印着的抽象图案。

我翻开《黑暗的左手》，读到："这是一座风暴肆虐的石头城，乌云笼罩着阴森的城堡，雨点洒落在幽深的街道。阴暗的城市中，游行队伍像一条金色的河流，缓缓地蜿蜒流动。"[1] 我青春期身躯的种种不适顿时消失了，外面街道滴落的细雨没了踪迹，车

---

[1] 译文引自《世界科幻大师丛书：黑暗的左手》，四川科学技术出版社，2009年。——译者注

窗外的红砖露台和石板房屋也遁了形。那种"纳尼亚传奇"之后便已久违的讲故事声音再次响起,听起来竟是如此的柔美和自信;讲述者和聆听者之间完美的短暂契合能够凝成一个真实存在的世界,会让我们对虚构的人生充满渴望——与我们自己的世界相比,那种人生的线条更明晰,色彩更浓烈。顷刻间,我看清了一切:一条金线穿行在一片朦胧之中,而自己的眼前仿佛隔着一个污浊的水晶球。我任由自己的思绪跟随书本飘到窗外,靠得越来越近时,我才看清雨幕下的那条金线其实是一支队伍,是身穿黄色衣服的杂耍艺人、商人和乐师,领头的是"裹着金黄色皮革绑腿、头戴黄色尖顶帽"的国王。读到这里,我发现这个故事的描述实在生动,相比之下其他科幻小说更像一堆黑煤球。与大多数科幻小说相比,它更能把我送回具有情感的现实当中——在书中,行为必会产生相应重大的后果,人物处境也不像念头那么脆弱,稍有不悦就能将它揉成一团,再寻新欢。而这里的情感只有科幻小说的天马行空才能创造出来:科幻小说能够约定全部的可能性的力量,在《黑暗的左手》中不只掌控了华而不实的东西,而且还有控制情绪前因后果的微妙逻辑。

《黑暗的左手》讲述的是性别主题,是对男女差异背后人性统一的感知。然而在寒冷的格森星球上,在这个游行队伍沿着黑暗街道蜿蜒前行的地方,人性统一却变成了生理上的一种事实。故事的叙述者是一位名叫金利·艾的外太空特使,他也是这个星球上唯一的男人。格森人全是红褐色的皮肤,脸色像猫或水獭一样冷漠,他们是人,但是雌雄同体。他们一个月有二十二天是中性,剩下的一周会变成男性或女性。每个格森人成年后都会多次经历这样的性别转换,自己也无法预知会变成男性还是女性。在他们的眼中,作为使者首次前来接触、始终都是男儿身的艾先生,无比的丑陋和变态,被封闭在性别的一个狭隘阶段。另一方面,金利·艾作为这项特殊任务最值得信赖的执行者,却发现很难记住这些人的双重性别。在他眼里,这些人忽男忽女,角色不断转换,这个星球上唯一与他接触密切的是首相伊斯特拉凡,但这个人让他产生了厌恶。

> 我一边喝着热气腾腾的酸啤酒,一边在想,伊斯特拉凡在饭桌上的表现很有女人味,风趣机智,言之无物,华而不实,技巧娴熟。难道是因为他特有的这种温顺逢迎的女性气质,才让我失去了信任,产生了厌恶?将这个人当作一个女人来看实在不可思议——他坐在火炉边的一个阴影处,近在咫尺,一脸阴森,权势炽天,冷嘲热讽。但将他作为一个男人来看时,我又会有一种假劣伪冒的感觉……

当然,这个故事是这么编排的:在主人公艾经历了劳改营关押、伊斯特拉凡经历了流放等众多迫害之后,两人最终一起穿越星球北部的冰川,亡命天涯。他们住在狭小的帐篷里,再也没有躲避或误会的余地。两人和解的时刻也推动故事达到了高潮：艾看着火炉那边的伊斯特拉凡，发现"微弱的红光之下，他的脸显得那么温柔，那么脆弱，那么恍惚，就像一个女人若有所思但又默默无声地看着我们。这时，我又一次也是最后一次看到了自己一直害怕看见、一直装作没看见的一个现实：他既是一个男人，也是一个女人。解释这种恐惧来源的必要性已跟随恐惧而消失，最终留给我的是按照他本来的面目接受他……"

现在他完全了解了自己的朋友——这是一整套明显的二元论，借助于格森星球的神话让他困惑不堪，现在都已不言自明。黑与白，雪地与雪地上的人影，其实都是可合为一个整体的阴阳两半。艾和伊斯特拉凡之间的隔阂只是自我与他人之间的本质性差异。黑暗的左手是光明。

我发现这种象征主义很具有力量，勒古恩借助于一种错综复杂的美丽，将它嵌入了细节颇多的格森星球文化，因此回味起来能产生华丽的层叠感。这时我们也就清楚了为什么格森语中"荣誉"这个词还可指代"影子"，为什么格森星球会将给人出谋划策视为禁忌。但是，勒古恩在艾与伊斯特拉凡之间精心设计了一种明确的认同感，为的就是能让它的象征意义引发巨大共鸣，从而超越现实生活中我们所想象的可能发生在任何一个人、任何性别身上的事情。这已经超越了传统意义上的人物塑造。解开了这两个人友谊的症结，也就解决了全世界的问题。勒古恩凭借自己叙事的完整性和超强能力做到了这一点，她的这种方式既具说服力，又非常高雅，但略显老派。大多数科幻小说都追求文字上的即时性和通俗性，而她注重的是仪式感，在一个人们认为解释陌生事物既是一项学术任务或纯粹的实践活动，也是一项文学性工作的时代，刻意借用了现实世界中的外交家、探险家和人类学家过去惯用的那种叙事方法中的权威性。已到达沙皇俄国的使者在冰冷的前厅等候召见，与艾的经历如出一辙；南北极的探险者不得不蹑手蹑脚地爬过冰天雪地，这也是艾与伊斯特拉凡曾做过的事。拉勒古恩运用自己叙事的权威性，将她所描述的事情生动地呈现在读者面前，种种念头、行动和感触都变成了现实存在，宛如雪地中的脚印一般清晰。而当她想调整情景的意义时，她便会反反复复地描述，为的不是达到一种抽象程度，而是要收获一种样式丰满的效果。这很适合我的口味。这是一个能触及情感深处和情绪复杂性的方式，但对它们的理解无需依赖于程式化程度更低、更加碎片化的现实。

后来，勒古恩开始担心这种老派的叙事方式过于言之凿凿，她已经创建了一种以男性为中心的等级制度世界观，因为两者实在是密不可分。到了20世纪70年代，针对勒古恩作品中的女性主义批评家还指出了一些更加系统性的偏差。这些人指出，勒古恩总是选择一个孤独、高贵的男性角色（比如外交官和科学家）来代表将与外星球陌生对象打交道的主人公，似乎最普通、最平常的人类就该是个男性。那个雌雄同体星球上的每个人都被勒古恩用"他"来指代，格森星球上的阴阳之和，总是女性的一半代表着黑暗（感性、间接、隐晦、神秘），男性的一半代表光明（理性、开放、主动、公开）。她原本打算写性别一统的故事，最终却使用了一个将男性主导地位视为理所当然之事的框架。

勒古恩虚心接受了这些批评。从 20 世纪 70 年代末开始，她一度把自己以前言之凿凿的叙事方式视为对男性主导地位的一种默认，竭力通过刻意创作一些去中心化的书籍，剔除了故事情节的强大影响来纠正这一点。但由此让她的写作生涯迎来了最为疲软的一段时期。后来，谢天谢地，她判定自己努力想摆脱的那种叙事能力只不过是一种中性工具，远非她担心的那么危险，而且也是她的创作天赋不可缺少的一部分。于是，她以前的那种叙事方式又重新出现在近期作品中，旧瓶装上了新酒，她的担忧也已消散。但说实话，我读她的作品时丝毫没有担忧。我是一位男性，我采用了一种浪漫主义的视角来看待男性的以自我为中心，认为身为男性能使我产生许多浪漫的想法。我曾在男校度过了五年光阴，女孩对我来说很陌生。与她们打交道时，我总是显得举止笨拙、言语唐突。我总希望自己与她们也能像艾与伊斯特拉凡那样，从始至终都能产生某种神秘的共鸣。我很感激勒古恩使用如此明晰、理想的结构为我搭建出了性别差异的模型。她是我真心钟爱的一位作家。

科幻作品与乌托邦主义

当我读完勒古恩的另一部巨著《一无所有》之后，更是对她佩服得五体投地。这部作品也创作于她进入自我怀疑的阶段之前。**这本书带给我的是一种更为彻底的乌托邦诱惑。**这个故事发生在一颗尘土飞扬、荒无人烟的卫星上，两个世纪以来，当地都在进行无政府主义实验。主人公谢维克是一位卓有建树的物理学家，但从小就对用一种统一准则取代法律的社会颇有微词。对于他的个人主义观点人们本不该仇视的，但现实截然相反。这让我产生了共鸣，聪明人遭到误解，是我永不嫌腻的一个主题。不过，《一无所有》似乎也提供了治疗方法。在这颗被称作阿纳瑞斯的星球上，一切都是共有，也无人想要私占某物。他们会做自己最擅长的工作，纯粹是出于热爱或是因为内心告诉他们这项工作最为迫切。需要新上衣或新被子时，他们就自己去公共仓库拿。这里不使用货币，有一个任何人都可以参加的委员会，负责协调社会事务。但是，与外部环境贫瘠、荒芜等不利条件形成鲜明对比的，是这颗星球拥有一种闪闪发光的精神——团结。阿纳瑞斯人虽两手空空，但心胸开阔；他们每个人都是集体的一分子，即使是拜访过祖先们逃离的故土的谢维克也最终发现,对他而言,阿纳瑞斯的贫瘠生活更显充实,已超越了那种生活的舒适和物质的富足,以及权力的大小或财产的多少对人们进行阶层划分的社会。谢维克所在的地方,人们并不总会相互欣赏,但他们彼此认可,付出时不会斤斤计较。他们为了得到别人的付出,自己会毫无保留地先付出。对于始终斤斤计较个人得失的做法,他们表现出了一种贵族式的蔑视。"我们没有国家,没有总统,没有总理,没有长官,没有将军,没有老板,没有银行家,没有地主,没有工资,没有慈善团体,没有警察,没有士兵,没有战争,别的东西也不是很多。我们是分享者,而不是占有者……"[1] 读这本书时我十六岁,看到这些话语几乎感动得落泪。甚至现在将它们摘录在此,我的眼睛依然会因回忆当初的感受而湿润——理想生活距离我们仅有一墙之隔,近在咫尺啊,我们只需再放弃一些东西便可拥有它。只要我们愿意去做,这个世界就会光芒四射。

谢维克在演讲中提到了自己星球并不存在的一系列东西,这听起来很像亨利·詹姆斯曾列举的美国缺少的东西,这并非偶然。人们在吐露秘密或开玩笑时也会表现出同样的自信,让明显留白的地方充满各种可能性。经过对地图的仔细研究,我发现阿纳瑞斯星球上的城镇叫作"广原、急弯、北景和环谷",全都坐落在干涸的平原,这肯定不是意外或偶然。这种设计与现实中建造美

---

[1] 译文引自《世界科幻大师丛书:一无所有》,四川科学技术出版社,2009年。——译者注

国城镇背后的冲动一样，都具有相同的美国式设想：完全摒弃过去的规则之后，可以将一个新地方建成什么样子。只有在这里才能随心所欲，将迪斯梅特的白房子变成集体宿舍，将餐厅变成公共食堂，将汽车旅馆变成社区浴室，并让被视为对人类精神的一种荒唐冒犯的商店全部消失。《一无所有》让我再次想到了那些小镇故事提出的问题，当我开始环顾更加广阔的世界，并给出了一个全新的绝对答案，它甚至消解了问题本身。为了生活，我该如何靠陌生人生存？答案很简单：没有什么陌生人。人人都是兄弟姐妹，像一家人一样彼此无条件地尽职尽责。天哪，我太想要这样了!《一无所有》还探讨了其他一些主题，但当时对我并没有产生多大触动——比如，它非常称颂我们对流逝时光的付出，认为我们应骄傲地任由自己对伙伴或另一个孩子在忠诚的脸上留下岁月的痕迹，完全不必感到害羞。

十六岁的我就连成年人生活的前半部分都想象不出，更别提后半部分了，当读到谢维克的伙伴在她三十多岁就能坦然面对牙齿脱落、皱纹增多的模样时，我不知道这些描述会对国人产生怎样的刺激——它本身是个同样不切实际的想法。我渴望自己也能在节日里坐在金色的草地上，尽情享受厨师联盟准备的小蛋糕；我渴望在一座路不拾遗，夜不闭户的城市漫步；我渴望生活在那里，这种心情当初只在阅读"纳尼亚传奇"系列时出现过——不过这次不是因为那里美丽，实际上那里一点儿也称不上美丽，而是因为去了之后我便不再感到孤独。在那里，铸成孤独的城墙全会轰然倒塌。阿纳瑞斯让我充满无限向往。

表面看来这似乎很奇怪,因为我当时就住的是集体寝室,却非常厌恶。我讨厌没有隐私。平时在学校我尽量不去洗澡,这样我就不用在那昏暗阴森,到处都是煤油味的地下浴室脱光衣服了。那里的三个金属浴缸排成一排,中间没有任何隔板。所谓的兄弟情义和同甘共苦,就是默默忍受别人将脱掉的足球袜四处乱扔。绝大部分时间我都会将身上的毛孔收紧,以防被这种集体生活所侵。一扇能上锁的房门,一个人能安静地独处,就是我当时最大的奢望。相比之下,阿纳瑞斯能让我想象出一个超越孤独的世界,我可以满怀信心地敞开心扉,尽情释放内心的感觉。那将是一个充满温暖的世界,我的愿望将能汇入千百万个其他人的愿望之河;所有这些愿望都有一个共同目标,那就是享受《一无所有》中所描述的那种特定的快乐之感,这种一致性只有在小说里才能实现。

我所在的那个年龄最容易被形形色色的社会模式所吸引。面对这一切,最难的就是做一位实用主义者,欣然接受这样一个事实:街头熙熙攘攘的人群虽不是完全相同,但也差不多与我们一样,每个人都十分看重自己的人生。还记得那个时候我们最熟悉的成年人,是怎么变得让人无法忍受的吗?他们的言行举止陷入了一种怪圈,就像上满了发条的人形玩具,看上去是多么的枯燥乏味、机械呆板、令人发狂。当别人的主观意识将我们压得透不过气时,我们便很难接受自己所看到的其实也是我们将得到的。对于那些可延缓这种认识的理论体系和革命事业我们都会欣然接受，尤其是那些将主观想法置于客观观察之上的体系。如果主观想法占据主导，我们便能把那些陌生人重新定义为可代表他们大胆采取积极行动的人类。如果几项事业获得了成功，我就大可宣称自己是一位正统的共产主义者，利用马列主义为我提取其他人群，把他们变成具有辩证思想的斗争阶级。或者我也大可研究一下安·德兰，通过她的眼睛看待世界，将一切都切割为锐意进取的英雄和墨守成规的蚂蚁。但是，我绝对不会成为法西斯主义者或白人至上者：这些体制充满了赤裸裸的仇恨，十六岁的我们必须要能认识到自己所向往的乌托邦是宽容大度的。

但没过多久，这种兴奋便逐渐消退，厄休拉·勒古恩的句子不再像原来那样对我意义深远、让我如痴如醉了。我开始思考这样一个问题：当她到达文学隐喻的巅峰时，或许所收获的并非完全出于个人努力。勒古恩曾以一个虚构的东欧国家为背景创作了短篇小说故事集《奥希尼亚传奇》，我翻阅了其中的一篇，希望把那些叠床架屋的句子去芜存菁之后能剩下点儿让我再次崇拜的内容。

"卡西米尔的小提琴声低沉而幽微，完全无需唱词"，读到这里，我就把"就像森林深处传来的呼喊声"划掉了。但是，故事的格局仍在不断缩小。

这没关系，只要我们够用心，很多著作都可以用乌托邦的视角来阅读。故事本身的连贯性可以提供一种地理空间，让我们尽情想象那种可超越自己平凡无奇和令人失望的现实世界的归属感。在故事中，我们可想象自己会像读者理解故事角色一样得到理解。比如渴望生活在星舰世界的《星际迷航》粉丝们想象的是一种别样人生，这种人生的构架就像副舰长瑞克和参谋特洛伊在"企业号"的回廊上一边走，一边交谈的话语那么语气坚定而果断。只不过他们身后紧跟着的是一台轨道摄影机，回廊根本没有封顶，为的是让上面的一排灯光照射进来，为演员的服装打上一种理想而均匀的色彩。过上故事一样的生活这种想法本身就是乌托邦，我们在等待一种人生的开始。

等待着，等待着。"或许是明天／或许是某一日。"收音机里传来了克里茜·海因德的那首《街谈巷议》。我很喜欢这首单曲。能将爱情唱得如此幽怨的人，肯定拥有过、失去过，甚至还曾失而复得。歌曲追忆的每一段历史，或悲或喜，都暗示的是要活得幸福，活得投入。相比之下，我却像活在地狱之中。我十三岁曾有过的那种战栗，那种强烈情感即将涌来的感觉成了我的终身伴侣；我笨拙地蜷缩在那身肥大外套中，人们从这样的外表根本看不出我内心的渴望。有时我会变得不耐烦，我想要的是一种更直接的东西，而不是一种动摇不定却又永远存在的可能性。正是这个时候，那些鬼怪神力的书籍派上了用场。《悟性之门》《玻璃球游戏》《禅与摩托车维修艺术》、汤姆·罗宾斯的《另一道路边风景》、菲利普·K.迪克的作品、库尔特·冯内古特和托马斯·品钦的部分作品、杰克·凯鲁亚克的所有著作——它们都可以让我们停止等待,感受到一种更加自由和奇异的存在。"难道我们不知道神就是维尼熊吗?"《在路上》的最后一页写道。看到这句话的时候,我正坐在位于卡多根广场的一个房间(这是一位朋友的父亲离婚后独自居住的单间公寓),电台里播放着"牛心队长"的歌曲,我知道这句话毫无意义。

我从来没做过的一件事情,就是将所有期望寄托在一本书上。我从来没有像那些独行侠们,他们不可思议却又不约而同地选择了塞林格的《麦田里的守望者》作为自己的唯一读物,如痴如醉地读来读去。像他们这样只盯住一本书,并给予其无法挑战、无法比拟,甚至不许相提并论的地位,这样的阅读已不再是一种探索性行为。这种方式等同于宣告这就是真理,这就是本尊;大胆预设它其实一直在等待着我接近它、审视它,从中挖掘出完整、权威、近乎圣书般的自我反映。刺杀列侬的马克·查普曼和试图暗杀里根以吸引朱迪·福斯特注意的约翰·辛克利,他们觉得与自己头脑里的想法相比,塞林格笔下的霍尔顿·考尔菲德第一人称叙事方式更善于表达他们的本性。考尔菲德的意识流要比他们自己的更为真实。他们自己的自我意识相当薄弱,因此才会假借考尔菲德的自我意识;这种意识虽为虚构,却就像他们装在防风外套的口袋、经常翻阅的平装书一样,有一种鲜明的存在感。他们将考尔菲德当成了一根可以缠绕意念的轴芯。

这里存在着一种明显的讽刺:霍尔顿·考尔菲德是犹豫不决、

令人同情的典型人物。纽约城中百无聊赖的半熟少年，身份在童年和成年之间的尴尬之间来回转换，时而觉得人性尽是虚伪，时而又否决这种观点，时而厌恶人类，时而又被人类所吸引，却不知所以。所有这一切都是塞林格基于自己的成年人意识而进行的仔细观察。它虽然悄然无声，却控制着考尔菲德的一言一行，主宰着考尔菲德将会遭遇的冒险经历。每个读过这本书的青春期男孩都会觉得自己有些像他，但通常情况下会认为他比自己迷失得更彻底，甚至达到了坚定不移和全心全意的程度。除非我们的人生真是一团糟糕，否则不会认为自己与他完全相似。

　　此处还有一种更为普遍的讽刺。读者能否感受到自己与畅销书主人公之间的特殊关联，取决于由书籍的形式所赋予图书的对读者的隔离性。书籍是一种大众媒介，但读者们无法感知到彼此的存在。读者的注意力永远是径直投向书本，而不是旁边的其他读者。读者看书时会有一种孤独之感，但实际上他只是一群书迷中的一位，他们占据着文字世界的同一个地带，全都在塞塞窣窣，却听不到彼此的声响。《麦田里的守望者》的读者倘若能够彼此看见，便会发现考尔菲德内心的孤独之路其实早已拥堵不堪。想象一下，数不清的停车场、旋转栅门、取号机、无数迷茫的青少年排起的长龙——长发的、短发的、油腻发质的、为表示抗议而留光头的，身上的迷彩服、冲锋衣或高尔夫 T 恤随意穿在身上。在这之中，约翰·辛克利和马克·查普曼只不过是人海中的两个小圆点，随着人群缓缓前行，等待着他们一展风采的高光时刻。

那时，每个读者都会走上前去，透过考尔菲德的眼睛去眺望宾夕法尼亚州高楼中的那个房间——那是20世纪40年代某个寒风凛冽的夜晚，房间里住着一位得了流感的老师，却全然不知几百万人正在聆听他的话语。"'我想教给我们一些道理，孩子。我在尽力帮助我们，我在尽力帮助我们，尽我所能。'他确实在帮我，这看得出，只是我们之间有十万八千里的差距，如此而已。"[1]

而我没有从小说人物身上寻找一种完美的自我反映。对我而言，小说的魅力在于它们的多样性。一本书让我们感到失望或自我厌嫌时，我们大可弃它而去，希望遇到的下一本能正合胃口，并提醒我们要不断读书的理由。

相反，**我发现了元小说：故事中的故事。**我为自己找到的第一座成人文学丰碑不是我十三岁时读的简·奥斯汀的著作，而是十七岁那年发现的暗绿色书脊——企鹅当代经典系列版《豪尔赫·路易斯·博尔赫斯作品选》。博尔赫斯能化干涩、晦暗、迂腐的语言为神奇，带我进入了一个崭新的世界。他将注释变成了一种让悖论大放异彩的手段；他的脚注就像一个无底洞，让我们不断向下跌落，似乎是进入了一个充满各种可能性的深渊；他的附录尽显语言精华，能将我们的注意力从一个地方陡然转到另一地方，但常缺少可靠性，因为那些书名、人名、地名、花名、珍宝、概念全都是他凭空捏造的，只会在他提及的那一刻昙花一现。

---

[1] 译文引自《麦田里的守望者》，孙仲旭译，译林出版社，2007年。——译者注

他暗示我们去打开的那些盒子，要么是空空如也；要么是大盒套中盒，中盒套小盒；要么是内部空间居然更大；最奇怪的是，打开之后根本没有内部。《小径分岔的花园》一书中，每一个决策节点都会产生两种结果，直至整个故事变成了"一张不断扩展、令人眩晕的迷网，分叉的时间、聚合的时间、平行的时间全都交织在了一起"。而在《巴别图书馆》中，他又为我们描绘——或者用他最爱反复使用的一个矫揉造作之词"勾勒"——出了一个完全由通风井和六边形回廊构成的宇宙，这里摆满了相同的卷册，每本都有四百一十页，每页都印着以任意组合排列的二十六个字母。但是，这些图书并未依序排列，而是随机摆放，图书馆员要在这里寻找一个能让人理解的句子可能需要数年时间，并来回走上数英里，因为他知道既然图书馆包含了字母所有的排列组合，那么其中必然藏着：

> "将来的详尽历史、大天使们的自传、图书馆的真实目录、千千万万的假目录、展示那些虚假目录的证据、展示真目录是虚假的证据……我们死亡的真相、每本书的各种文字的版本、每本书在所有书中的插入……"[1]

---

[1] 译文引自《博尔赫斯全集：小说卷》，浙江文艺出版社，1999年。——译者注

博尔赫斯在小说中对文字的操控，其风格类同于数理哲学家们在20世纪初发现的莫比乌斯环。伯特兰·罗素希望将逻辑置于协调一致、易于理解的公理基础之上，结果却发现公理结构中，一个集合将本身作为一个子集包含在内注定无解，那样的话有关可靠的、一致的知识的所有希望都会被无情吸入，就像吞噬哲学空间的黑洞一样。后来，库尔特·哥德尔证明即使最简单的数学系统（比如算数）都有可能以同样的方式吞掉自己的尾巴，因此无法证明可提供一种可靠的现实。博尔赫斯对这些概念工具的破坏性念念不忘，便通过作者在故事内部和（与此同时）外部发出的声音对罗素的问题进行模拟解答，使用这种工具来打开漩涡。他虚构出了一部中国的百科全书，并在其分类系统中加入了"本百科全书所含东西"这样一个分类，这样便出现了部分包含整体、整体包含部分的无限循环，而这只不过是他最不起眼、最接地气的创意之一。博尔赫斯笔下的故事变成了一种近乎纯粹的形式，所包含的内容——名称和线索——不多不少，正好够为想法本身涂抹一种背景——这就像背后涂着水银的镜子，一个平面却能容下无限的深度。博尔赫斯的故事实际上达到了近乎于最为沉默的科幻小说的境界。那些故事真正关注的不是人类，而是它们自己——如果我们把它们简化成纯粹的线条与角度，书中描述的诸多情节都是一些有趣的图案。从某种程度而言，它们属于皮亚杰理论最后一个阶段"抽象运算思维期"的完美读物。

它们对我产生了极大吸引。每当我长期沉溺于博尔赫斯的文字世界而感到身心俱寒时,我便会转而投入以卡尔维诺为代表的元小说欧洲分支的怀抱,那些文字还残留着少许人味儿,形式更可爱,对话更丰富,给人的感觉更温暖一些,心境更畅亮一些。我收集的是皮卡多出版社薄薄的、优雅的卡氏译本。《看不见的城市》中的概念城市散发着一种清澈之美;《寒冬夜行人》为我们收集的则是各种不同的愉悦之喜,就像一位苦苦寻觅却无功而返的读者偶然发现了十本不同小说各自第一章节的内容。卡尔维诺的文字读起来常会让我们感到他在为语言不能准确表达世界而抱有遗憾;但实际上,每当这个时候他总会巧诈地向我们展示如何从一个层面打开切口,口吐莲花般地展示里面的精彩;他能够剔除沉闷、喑哑、老套的物质现实,赋予语言原子般的神通广大。《不存在的骑士》描述了查理大帝手下一幅中空甲胄的故事画面,他写道:"为了如我所设想的那样将故事写下去,必须在这张白纸上变出峭壁突兀、沙石遍地、刺柏丛生的图景。一条羊肠小道蜿蜒伸展,我要让阿季卢尔福从这条路上走过,他挺胸端坐马鞍之上,一副雄赳赳的迎战姿态。在这一页上除了沙石地之外,还须有天穹覆盖在这块土地之上,天空低沉,天地之间只能容聒噪的乌鸦飞过。我的笔几乎划破稿纸,可要轻轻地画啊,应在草地上显示出一条蛇隐匿在青草中爬行的轨迹,荒原上应有一只野兔出没……"[1]

我总喜欢将故事简化成图案,储存在脑海之中。相较于费力

---

[1] 译文引自《我们的祖先》,译林出版社,2008年。——译者注

地与故事所代表的事物相纠缠,我更喜欢故事的内在曲线。现在,我终于找到了纯图案式的故事,它们将《银椅》和《黎明踏浪号》曾带给我的那些愉悦抽取出来,绕着其自身弯曲,直至形成了一个封闭性的叙事圆环——这个圆环具有自己的意识,不需要任何外在的事物来支撑。

乌托邦带走了人性中所有令人不齿的东西。黑色旗帜否定了毁灭性冲动,从而将之全部吸收。文字的深渊吞没了整个世界。**想要了解我十八岁时的内心世界,不妨想象一下书籍留在我脑海里的曾是森林之中的一片空地、可能性海洋之中的一座小岛、孤漠草原中的一个喧嚣小镇,而现在这个空间的中心出现了一个圆洞,将各种令人不安的情绪都收了进去。**

到此为止,这便是我从零开始的全部阅读生涯。由于脑部出现胱氨酸贮积,布丽吉特二十二岁时永远离开了我们。人的大脑无法移植。"我已厌倦了在医学知识前沿的生活。"离世之前她曾说道。在她有生之年,父亲已为她大声念完了整套《魔戒》。

除了下面这一场景,无论我的自我认知有多么深厚,它总会反复出现:**每当我又搞砸了事情,情绪低落时,或每当我失去生活中最宝贵的东西,伤心欲绝时,我便会走入一家书店。**漫步于书架之间,我会想起每部小说都会发生剧情反转,所有的跌宕起伏和喜怒哀乐都只不过是作者的刻意安排,对于这些我早已心知肚明;想到这些,那些书似乎就会为我的黯淡人生点燃一丝光明,它们不慌不忙、不紧不慢地将自己的特质注入我的内心,就像是

The Child that

书中升起一道能够柔化空气的灰色烟柱,过眼烟云般地释放出了语言和动作,而且会根据我们的品味改变形状。这些缥缈的青烟之中也包含着我真正的人生故事,看上去毫无差异,只是置身其他故事中的一个罢了。读了片刻之后,我已分辨不清哪些是人生,哪些是故事了。

鸣谢

本书创作时的参考书目我大部分已在文中述及，但还想作以下补充：杰奎琳·罗斯的《小飞侠研究，抑或关于儿童文学之不可能性的研究》（伦敦，1992年）；斯文·伯克茨的《古腾堡挽歌》（纽约，1994年）；玛格丽特·米克等人的《酷网：儿童阅读的模式》（伦敦，1977年）；旧版"丰塔纳当代大师"系列中大卫·皮尔斯的杰作《维特根斯坦传》（伦敦，1971年）；伊明莎白·安斯康姆的《哲学论文选（第二辑）》（牛津，1981年）；以及亚瑟·阿普比的《儿童对于故事的概念》（芝加哥，1978年）。

我还要感谢以下诸位的鼎力相助（排名不分先后）：埃德蒙·德·瓦尔、朱迪丝·莫尔特比、玛丽娜·本杰明、珍妮·厄格洛、伊恩·亨特、大卫·塞克斯顿、朱利安·卢斯与凯特·特尔奇尔、安妮·马尔科姆、西蒙·科茨、"剑桥的大卫"、我的父母及祖母，以及妹妹布丽吉特·斯巴福德（1967-1989）。对于我在本书中阐述的内容，他们不承担责任。作为本书的责任编辑，费伯-费伯出版社的朱利安·卢斯不仅包容了我慢慢悠悠的作风，而且也未因最终稿件与当初商榷的大纲存在偏差而生微词；大卫·塞克斯顿是《标准晚报》的文学编辑,他在提供稿费与鼓励的同时,还容忍了我交稿的拖沓;《标准晚报》的文学副编辑凯蒂·坎贝尔,她对于自由职业者的生活不易深有理解,真心感谢她;《星期日独立报》的珍妮·特纳向我约稿,通过该报登载了本书第一章的初稿内容;莎拉·斯潘基安排我去了趟南极洲,这次旅行虽与本书无关,却带给了我巨大而持久的喜悦,特在此表示谢意;《星期天邮报》的迈克尔·沃茨安排我游览了南达科他州的迪斯梅特,逗留期间还受到"劳拉·英戈尔斯·怀尔德纪念协会"的悉心照顾,特别是古道热肠的克雷格·蒙格先生。

经典阅读书目

《星际迷航》〔美〕迈克·约翰逊 著

《霍比特人》〔英〕J.R.R. 托尔金 著

《1984》〔英〕乔治·奥威尔 著

《神经漫游者》三部曲〔美〕威廉·吉布森 著

《爱玛》简·奥斯汀 著

《一个英国吸食鸦片者的自白》〔英〕托马斯·德·昆西 著

《夏洛特时光》〔英〕佩内洛普·法默 著

《柳林风声》〔英〕肯尼斯·格雷厄姆 著

《爱丽丝漫游仙境》〔英〕刘易斯·卡罗尔 著

"纳尼亚传奇"系列〔英〕C.S. 刘易斯 著

《石中剑》〔英〕T.H. 怀特 著

《童话的魅力》〔美〕布鲁诺·尔海姆 著

《神曲》〔意〕但丁·阿利吉耶里 著

《爱丽丝镜中奇遇记》〔英〕刘易斯·卡罗尔 著

《彼得·潘》〔英〕詹姆斯·马修·巴里 著

《大盗比尔》〔英〕阿兰·阿尔伯格；〔英〕珍妮特·阿尔伯格 著/绘

《阿尔菲先进门》〔英〕雪莉·休斯 著/绘

《露西和汤姆的一天》〔英〕雪莉·休斯 著/绘

《野玫瑰公主》〔英〕埃罗尔·勒凯恩 著/绘

《跳舞的公主》〔英〕埃罗尔·勒凯恩 著/绘

《童话的作用》〔美〕布鲁诺·贝特尔海姆 著

《现在不行，伯纳德》〔英〕大卫·麦基 著/绘

《野兽国》〔美〕莫里斯·桑达克 著/绘

《魔戒》〔英〕J.R.R.托尔金 著

《枪打反舌鸟》〔美〕哈珀·李 著

《暗夜嘉年华》〔美〕雷·布拉德伯里 著

"燕子号与亚马逊号"系列〔英〕亚瑟·兰塞姆 著

《论童话》〔英〕J.R.R.托尔金 著

"地海传奇"系列〔美〕厄休拉·勒古恩 著

《护身符的故事》〔英〕伊迪丝·内斯比特 著

《寻宝人的故事》〔英〕伊迪丝·内斯比特 著

《黄金罗盘》〔英〕菲利浦·普尔曼 著

《魔法神刀》〔英〕菲利浦·普尔曼 著

《琥珀望远镜》〔英〕菲利浦·普尔曼 著

《卢克的七天》〔英〕戴安娜·韦恩·琼斯 著

《逻辑哲学论》〔奥〕维特根斯坦 著

《朝圣归来》〔英〕C.S. 刘易斯 著

《神迹》〔英〕C.S. 刘易斯 著

《来自寂寞的星球》《漫游金星》《那股邪恶的力量》神学科幻小说三部曲〔英〕C.S. 刘易斯 著

《小松鼠纳特金的故事》〔英〕毕翠克丝·波特 著

《魔法师的外甥》〔英〕伊迪丝·内斯比特 著

《幽灵收费站》〔美〕诺顿·贾斯特 著

"小木屋"系列〔美〕劳拉·英戈尔斯·怀尔德 著

"007"系列〔英〕伊恩·弗莱明 著

"哈利·波特"系列〔英〕J.K. 罗琳 著

《铁路边的孩子们》〔英〕伊迪丝·内斯比特 著

《小公主》〔美〕弗朗西斯·霍奇森·伯内特 著

《蒲公英酒》〔美〕雷·布拉德伯里 著

《小妇人》〔美〕路易莎·梅·奥尔科特 著

《匹克威克外传》〔英〕查尔斯·狄更斯 著

《了不起的盖茨比》〔美〕F.S. 菲兹杰拉德 著

The Child that

《一位女士的画像》〔美〕亨利·詹姆斯 著

《董贝父子》〔英〕查尔斯·狄更斯 著

《米德尔马契》〔英〕乔治·艾略特 著

《巴塞特郡纪实》〔英〕安东尼·特罗洛普 著

《简·爱》〔英〕夏洛蒂·勃朗特 著

《变身》〔新西兰〕玛格丽特·梅伊 著

《魔法师的接班人》〔新西兰〕玛格丽特·梅伊 著

《骗子们》〔新西兰〕玛格丽特·梅伊 著

《西伯利亚上空的白鹰》〔英〕劳伦斯·达雷尔 著

《逃离科迪斯》〔英〕劳伦斯·达雷尔 著

《闪击冰冻战》〔丹麦〕斯文·哈塞尔 著

《美丽新世界》〔英〕奥尔德斯·赫胥黎 著

《埃玛·塔珀的日记》〔英〕彼得·狄金森 著

《远离维罗纳》〔英〕简·加达 著

《沉默的羔羊》〔美〕托马斯·哈里斯 著

《东方快车谋杀案》〔英〕阿加莎·克里斯蒂 著

"三角"三部曲〔英〕约翰·克里斯托弗 著

《银河系公民》〔美〕罗伯特·海因莱因 著

《星球大战》〔美〕乔治·卢卡斯 著

Books Built

《吉尔伽美什史诗》古代史诗故事 拱玉书 译注

《最后一个莫希干人》〔美〕詹姆斯·库珀 著

《与拉玛相会》〔英〕阿瑟·C.克拉克 著

《时间机器》〔英〕赫伯特·乔治·威尔斯 著

《火星编年史》〔美〕雷·布拉德伯里 著

《华氏451》〔美〕雷·布拉德伯里 著

《黑暗的左手》〔美〕厄休拉·勒古恩 著

《一无所有》〔美〕厄休拉·勒古恩 著

《奥希尼亚传奇》〔美〕厄休拉·勒古恩 著

《沃特希普荒原》〔英〕理查德·亚当斯 著

《玻璃球游戏》〔德〕赫尔曼·黑塞 著

《禅与摩托车维修艺术》〔美〕罗伯特·M.波西格 著

《在路上》〔美〕杰克·凯鲁亚克 著

《麦田里的守望者》〔美〕J.D.塞林格 著

《小径分岔的花园》〔阿根廷〕博尔赫斯 著

《巴别图书馆》〔阿根廷〕博尔赫斯 著

《看不见的城市》〔意〕伊塔洛·卡尔维诺 著

《寒冬夜行人》〔意〕伊塔洛·卡尔维诺 著

《不存在的骑士》〔意〕伊塔洛·卡尔维诺 著

图书在版编目（CIP）数据

发现阅读 /（英）弗朗西斯·斯巴福德著；孙降生，王先哲译. —昆明：晨光出版社，2024.1
ISBN 978-7-5715-1376-4

Ⅰ.①发… Ⅱ.①弗… ②孙… ③王… Ⅲ.①儿童文学-作品综合集-英国-现代 Ⅳ.① I561.8

中国版本图书馆 CIP 数据核字（2022）第 049143 号

THE CHILD THAT BOOKS BUILT
Text copyright © Francis Spufford, 2002
First published in 2002 by Faber and Faber Limited.
Simplified Chinese translation copyright © 2024 by Beijing Yutian Hanfeng Books Co., Ltd.
Published by arrangement with Big Apple Agency. Inc
All rights reserved.

著作权合同登记号　图字：22-2021-173号

FA XIAN YUE DU
发现阅读

〔英〕弗朗西斯·斯巴福德 著　孙降生 王先哲 译

出 版 人	杨旭恒
项目策划	禹田文化
封面插画	淯畅 www.changgao.co
版权编辑	陈　甜
责任编辑	李　洁
项目编辑	郭丽君
美术编辑	沈秋阳
装帧设计	沈秋阳
内文排版	史明明

出　　版	晨光出版社
地　　址	昆明市环城西路 609 号新闻出版大楼
邮　　编	650034
发行电话	（010）88356856　88356858
印　　刷	固安兰星球彩色印刷有限公司
经　　销	各地新华书店
版　　次	2024 年 1 月第 1 版
印　　次	2024 年 1 月第 1 次印刷
开　　本	145mm×210mm　32 开
印　　张	7.75
I S B N	978-7-5715-1376-4
字　　数	153 千
定　　价	48.00 元

退换声明：若有印刷质量问题，请及时和销售部门（010-88356856）联系退换。